KB213891

집으로, 홈인하다

Copyright ⓒ 2021, 이형진

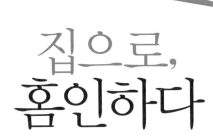

집으로,
홈인하다

이형진 지음

W미디어

언젠가 저를 소개하는 글을 써달라는 부탁을 받은 적이 있습니다. 그야 뭐 어려울 것 없지 하며 컴퓨터 앞에 앉았지만, 막상 적어나가려니 안개 속을 살아온 듯 저의 지난날들이 애매모호하기만 해서 한참동안 모니터의 깜박이는 커서만 바라보았던 기억이 있습니다. 제가 살아온 삶이니 세상 누구보다 잘 알고 있을 법했지만 무슨 말로 시작해야 할지 막막했습니다. 어떻게 마무리해서 넘겼지만, 지금도 여전히 저를 이야기하는 것이 제일 어렵습니다.

지금껏 40여 가지가 넘는 일과 아르바이트를 경험했지만, 자기소개서를 적고 지원한 적은 한 번도 없다는 기억이 떠올랐습니다. 그냥 이력서 한 장을 가지고 가서 면접을 보는 것이 전부였습니다. 다른 사람들이 잘 하지 않는 힘든 일이거나 특별한 이력이 필요 없는 단순한 일이었기에 저를 소개할 필요가 없었습니다.

돌이켜보면 제 인생은 '벼락치기' 그 자체였습니다. 받아들일 수도, 이해하기도 힘들었지만 제 삶에 끊임없이 찾아왔던 날벼락의 순간들에 맞서 저는 제가 가지고 있던 인식 체계와 끊임없는 싸움을 시작해야 했습니다. 사춘기 시절 이복 남매의 의미가 무엇인지 알게 된 시기, 믿었던 형에게 사기를 당해 신용불량자가 되었다가 그걸 회복하려 몸부림치던 8년, 산 지 얼마 되지 않은 중고 승용차를 몰다 졸음운전으로 폐차할 정도로 큰 사고를 내고 갈비뼈 10개에 금이 간 날…. 이 모든 날벼락들이 제 삶의 방향을 바꾸는 계기가 되었습니다. 다시 말해, 제가 가장 집중해서 살아야 했던 시기가 바로 인생에서 날벼락을 맞은 순간이었습니다. 저는 그때마다 제 삶이 만만치 않을 거라는 것을 이미 알고 있었습니다.

하지만 그 무엇보다 깊은 상흔을 남긴 것은 부모님과 연결되어 있습니다. 제가 고등학교 3학년 초여름인 1996년 6월 24일, 꾀병을 부려 야간 자율학습을 빼먹고 집으로 갔는데, 당시 아버지의 사업실패로 괴로워하시던 어머니가 다량의 수면제를 드시고 자살을 시도한 장면을 맞닥뜨렸습니다. 저는 너무도 놀란 상태에서 사태를 수습해야 했고, 급기야는 그날 이후 학교 공부를 포기했습니다.

얼마 후 부모님은 울산으로 야반도주를 하셨고, 집이 싫어 무작정 뛰쳐나왔지만 딱히 갈 곳이 없던 저는 군대에 가기 전까지 1년 반 동안 친척 집을 돌아다니며 눈칫밥을 얻어먹어야 했습니다. 이때 스스로가 많이 위축된 데다 어린 나이에 그것이 상처가 되어 군대 휴가 때도 부모님을 찾지 않았습니다.

남자는 군대에서 철이 든다고, 제대를 하면서 처음으로 집을 찾았을 때 눈앞에 펼쳐진 모습은 제게 날벼락 그 자체였습니다. 어느 정도는 짐작을 했지만, 경로당에 딸린 월세 5만원의 단칸방에 굶기를 밥 먹듯이 한 데다 심신이 약해질 때로 약해지신 어머니의 모습은 제 가슴을 너무나 아프게 했습니다. 이때 처음으로 평생 부모님을 책임져야 한다는 강박관념을 가지게 되었습니다.

당시 야반도주로 아버지는 주민등록 말소 상태였기에 돈을 벌기가 쉬운 상황이 아니었고, 설상가상으로 비교적 건강하셨던 아버지에게 병마까지 덮쳤습니다. 2005년 11월에 찾아온 아버지의 파킨슨병으로 제 어깨에 짊어져야 했던 삶은 더 무거워졌습니다. 저는 닥치는 대로 돈을 좇아 아픈 부모님의 생활비와 병원비를 감당해야 했습니다. 이런 힘든 현실이 저를 정신적, 육체적으로 매우 힘들게 했지만, 그러한 담금질 덕분에 벼락을 맞은 대추나무처럼 제가 더 단단해지고 강해지지 않았나 싶습니다.

하지만 불행은 가시지 않아, 파킨슨병을 앓고 계신 아버지를 10년째 보살피던 어머니에게 2015년 5월 9일 뇌경색이 찾아왔고, 이제 아버지를 더 이상 어머니 혼자 힘으로 감당할 수가 없게 되었습니다. 무엇보다 어머니에게 찾아온 뇌경색은 양쪽 눈을 막아 빛을 거의 인지하지 못하게 했기에 이제 어머니 혼자서는 아무것도 할 수가 없습니다.

그동안은 어머니가 몸이 불편한 아버지를 돌봐주셨기에 그나마 제가 활동하는 데는 큰 제약이 없었으나, 이제 아버지에 더해 어머니까지 장애를 가지게 됨으로써 제 어깨를 짓누르는 무게는 단순히 둘이 아니라 셋, 넷으로까지 늘어나면서 눈앞이 캄캄했습니다. 결국 15년 가까이 집을 떠나 있던 저는 두 분을 보살피기 위해 홈인해야만 했습니다.

부모님과는 평생 같이 살지 않을 것이라고 다짐했던 저는 그렇게 뜻하지 않게 다시 부모님과 함께 살게 되었습니다. 장애를 가지게 되신 부모님과 함께 살며 제가 전혀 생각지 못했던 여러 가지 일들을 경험하며 틈나는 대로 느낌들을 기록했습니다. 군 제대 후 막연하게나마 작가를 꿈꾸고 있었기에 글 쓰는 것이 부담스럽거나 어렵지는 않았지만, 부모님과 함께 지낸 이야기를 이렇게 많이 쓰게 될 줄은 전혀 예상하지 못했습니다.

제가 쓴 이야기들을 정리하다가 뒤늦게 깨달은 것이 있습니다. '어쩌면 자식인 내 꿈을 위해 부모님이 마지막에 몸으로 희생하신 것은 아닐까?' 하는 것입니다. 너무 비약적인 논리일지도 모르겠지만, 저로서는 달리 더 긍정적인 이유를 찾기가 힘들었습니다.

10년을 훨씬 넘은 아버지의 파킨슨병과 풍전등화와 같이 하루하루가 위태로운 어머니의 눈은 항상 긴장되는 삶을 살았던 제게 역설적이게도 삶의 긴장을 이완시켜주는 역할을 했습니다. 군 제대 후 줄곧 따로 떨어져 살며 저는 몸이 불편한 부모님께 생활비를 보내야만 한다는 부담감으로 쫓기는 삶을 살았는데, 이제 부모님과 함께 살면서 더 중요한 것은 생활비가 아니라 사랑하는 마음으로 함께해야 한다는 것을 깨달았습니다.

이 책의 제목 '집으로, 홈인하다'처럼, 어린 혈기로 집을 뛰쳐

나가 굴곡진 삶을 이어왔던 제게 따뜻한 부모님 품으로 다시 돌아올 수 있게 해준 두 분의 장애가 오히려 고맙고 감사한 마음입니다. 비록 몸은 힘들지만 부모님과 함께하면서 제 가슴이 뛰고 있음을 느낄 수 있었습니다. 그동안 제가 떠돌이로 악바리 생활을 하느라 잊고 있었던, 가슴으로 사는 참 삶을 깨우쳐 주신 부모님께 감사드립니다.

이형진

차례

아버지의 뒷모습

1.

처음에는 아버지의 뒷모습을 찍으려고 했던 것이 아니었습니다. 병원에서 진료 차례를 기다리는 동안 아버지가 보고 계셨던 '뇌심부 자극술' 설명이 나와 있는 포스터를 찍었을 뿐입니다. 아버지가 관심 있게 읽고 있는 그 포스터가 파킨슨병을 앓고 계신 아버지께 조금이라도 도움이 되었으면 하는 마음으로 나중에 인터넷에서 확인할 생각이었습니다.

저는 경주에서 새벽마다 골목을 누비고 다니며 음식물 쓰레기를 수거하는 일을 하고 있습니다. 그런데 새벽에 120ℓ짜리 음식물 쓰레기통을 끌고 골목 구석구석을 돌아다니는 동안 문득 제가 찍은 사진이 '뇌심부 자극술' 포스터가 아니라 아버지의 뒷모습이라는 것을 알게 되었습니다. 어두운 골목에 놓여 있는 5ℓ, 10ℓ, 20ℓ짜리 음식물 쓰레기통을 찾아다니면서, 동시에 저는 아버지의 앞모습도 함께 찾고 있었습니다.

이런 제 느낌을 한정된 언어로 표현하기에는 힘이 듭니다. 사람들이 먹다 버린 음식물 찌꺼기, 상한 음식물을 120ℓ 음식물 쓰레기통에 쏟아 부으면서 저 역시도 제 안에 남아 있던 상한 감정의 찌꺼기들을 함께 배출하고 있었습니다.

2.

금요일은 10여 년째 앓고 계신 아버지의 파킨슨병 진료를 위해 울산대병원에 가는 날이었습니다. 병원에 도착해서 차를 주차 타워에 주차시킨 후 저는 아버지를 모시고 2층 신경과로 향했습니다.

아버지와 함께 신경과 진료실 앞에서 차례를 기다리며 대기하는 중에, 갑자기 아버지가 일어나셔서 벽에 붙어 있는 '뇌심부 자극술' 설명이 나와 있는 포스터를 유심히 보기 시작하셨습니다. 파킨슨병으로 인한 아버지의 부자연스러운 움직임을 주목하고 있었기에 제 시선 역시도 자연스럽게 아버지와 같은 곳으로 향했습니다.

저는 아버지의 어깨너머로 '뇌심부 자극술' 포스터 내용을 빠르게 읽어나갔습니다. 전기로 뇌의 한 부분에 자극을 줘 치료하는 방법이라는 것을 대충 감지하고서 상세한 내용은 나중에 인터넷에서 검색해야겠다는 생각에 핸드폰으로 사진을 찍었습니다.

3.

새벽일을 끝내고 아침에 퇴근한 후 자고 있는데 어머니의 전화를 받았습니다(당시 저는 경주에, 부모님은 울산에 각각 떨어져 생활하고 있었습니다). 갑자기 아버지가 3천원만 달라고 하셔서 드렸더니, 그 후 사라지셨다는 것입니다. 어머니는 아버지가 평소처럼 집 근처에 로또복권을 사러 가셨을 거로 생각하셨는데, 아버지가 오실 시간이 훨씬 지났는데도 돌아오지 않으셔서 걱정하셨습니다.

파킨슨병을 앓고 계신 아버지는 몸의 균형을 잡지 못해 두 번이나 크게 넘어지신 경험이 있으시기에 어머니의 걱정은 이만저만이 아니었습니다. 그런데 한참 후 집으로 돌아오신 아버지의 말씀은 저와 어머니에게 불안함을 넘어 걱정을 짙게 드리웠습니다. 아버지는 홀로 버스를 타고 집에서 꽤 먼 거리인 운전면허시험장에 가셔서 운전면허 적성검사를 받고 오셨던 것입니다.

4.

사실 아버지의 운전면허 적성검사 이야기는 이미 끝난 이야기였습니다. 지난 설날, 아버지는 제게 운전면허 적성검사를 받아야 한다는 이야기를 꺼내셨고, 저는 단칼에 아버지의 말을 잘라버렸습니다.

"어차피 앞으로 운전도 하지 않으실 테니, 쓸데없이 돈 낭비며 시간 낭비 하지 않으시는 것이 좋지 않겠어요!"

언제나 그렇듯이 아버지는 아무런 대답이 없으셨고, 그날 어머니와 저는 모든 상황이 이렇게 정리된 줄로만 알았습니다. 하지만 우리의 정리와 아버지의 정리는 다른 차원이었습니다.

5.

얼마 전 뉴스에서 봤던 기사가 떠올랐습니다. 일본의 고령화와 그로 인해 고령 운전자가 늘어남에 따라 교통사고 위험이 증가한다는 이야기가 뚜렷이 기억났습니다.

아버지는 떨림이 심하고 균형을 잘 잡지 못하는 파킨슨병 환자이시니 다른 사람의 안전을 위해서도—물론 운전하실 리는 없지만—앞으로 운전면허증이 필요치 않은 것은 당연하였습니다.

그런데 아버지가 운전면허를 갱신하셨다는 어머니의 전화를 받고나서 저는 정신이 번쩍 들었습니다. 처음에는 '왜?'란 질문이 먼저 떠올랐고, 전화를 끊을 무렵 이 상황이 이해되기 시작했습니다.

"운전면허증이 없어진다고 생각하니 아버지가 아주 허전했나 보더라…."

어머니의 말씀이 긴 여운처럼 남아 귓전을 맴돌았습니다.

저의 합리적 이성이 아버지의 삶을 이해하는 데는 뚜렷한 한계가 있었습니다. 제가 생각하는 합리적 이성 너머에 76년간 살아오신 아버지의 삶이, 44년 된 아버지의 운전면허증이 존재하고 있었음을 당시에는 도저히 이해할 수 없었습니다. 아버지께 운전면허증이 어떠한 의미이며 상징인지 저는 모르고 있었던 것입니다.

6.

집집마다 골목에 내놓은 음식물 쓰레기를 치우면서 저는 그동안 이해할 수 없었던 것들이 비로소 이해되기 시작했습니다(사실 어머니는 아버지의 두 번째 혼외부인입니다. 그로 인한 제 갈등이 사춘기 이후 독립생활의 시작이었던 것 같습니다). 아버지의 뒷모습이 찍힌 사진을 보는 순간 여러 가지 감정들이 울컥하며 올라오기 시작했습니다. 코끝으로 올라오는 음식물 쓰레기 냄새만큼이나 복잡한 생각들이 제 머릿속에 올라와서 저를 자극했습니다. 결국 아버지가 운전면허증을 갱신한 것을 모른척하려다가 그날 야간 일을 마치자마자 바로 전화를 드렸습니다.

"아버지! 언제 처음으로 운전면허증 따셨어요?"

"1972년, 33살 때⋯."

1970년대 초반에 벌써 면허증을 따셨다는 아버지의 이야기에 저는 놀랐습니다.

"1973년 친구가 타던 퍼블리카를 80만원 주고 샀지! 공랭식 엔진에 5인승, 일본에서 가지고 온 자동차인데⋯."

"공랭식이 뭔가요?"

아버지의 공랭식 설명이 있었고, 그렇게 전화기를 통해 자동차 이야기가 부자간에 한참동안 이어졌습니다. 저는 통화가 끝난 후, 아버지가 말씀하신 퍼블리카를 인터넷에서 찾아보았습니다.

신진자동차가 일본의 '도요타 퍼블리카Toyota Publica'를 국내에 들여와 조립 생산한 모델이었습니다. 사람들이 자가 운전을 시작할 무렵인 1967년부터 1971년까지 2,005대를 생산했는데, 연료가 적게 들어 주로 도시 중류층이 자가용으로 이용했습니다. 공랭식 엔진을 장착하여 주행하다가 자주 쉬면서 엔진을 식혀야 했으며, '꼬마 차', '빨간 차', '왕눈이 차' 등의 애칭으로 불렸습니다.

아버지의 다음 차는 당시 130만원 주고 사셨다는 코로나 자동차였습니다. 아버지는 이 차를 타고 제가 어릴 적에 함께 목포에 갔다 온 이야기를 해주셨습니다.

아쉽게도 제게는 목포에 아버지와 함께 갔다 온 기억이 남아 있지를 않았지만, 오랜만에 신이 나서 이야기하시는 아버지의 목소리가 반가웠습니다.

7.

아버지와 전화 통화가 끝나고 저는 중요한 한 가지 사실을 잊고 있었음을 알았습니다. 어리석게도 저는 지금껏 '뇌심부 자극술' 포스터를 보고 계신 사진 속 아버지처럼 10여 년째 파킨슨병을 앓고 계신 아버지의 뒷모습만이 아버지의 삶의 결과란 착각에 빠져 있었습니다. 뒷모습이라고 여겼던 파킨슨병도 역시나 아버지가 겪고 계신 삶의 과정이라는 것이 느껴졌습니다. 저는 아버지의 앞모습을 전혀 몰랐고, 알려고 하지도 않았습니다. 축 늘어진 어깨의 아버지 뒷모습만이 그동안 제가 이해했고, 정의 내렸던 아버지의 삶이었습니다.

8.

아버지가 보고 싶어 주말에 시간을 내어 경주에서 울산의 집으로 갔습니다. 그리고 다음 날 새벽 출근을 위해 집을 나서려는데, 어머니께서 핸드폰과 낡은 사진 한 장을 주시면서 그것을 사진 찍어 본인의 핸드폰 배경 화면으로 저장해 달라고 하셨습니다. 젊은 아버지와 어머니, 그 사이에 첫돌을 맞은 제 모습이 들어있는 사진이었습니다. 정확히 지금의 제 나이와 같은 아버지의 모습, 그리고 세상에 태어난 지 일 년이 된 나….

젊은 아버지의 모습을 보며 여러 가지 생각들이 교차하기 시작했습니다. 지금까지 저는 젊은 시절의 아버지를 생각해본 적이 단 한 번도 없었습니다. 어리석게도 10여 년 동안 파킨슨병을 앓고 계신 아픈 아버지의 모습이 제겐 아버지의 전부였습니다.

9.

예상치 못한 아버지의 뒷모습 사진이 제게 주는 메시지는 아주 큰 의미였습니다. 제가 알고 있던 아버지의 모습이 얼마나 작은 부분이었는지 알게 되었습니다. 축 늘어진 어깨의 아버지 뒷모습 사진에 코끝이 시리기도 했지만, 그것보다는 그동안 한 번도 아버지 삶의 앞모습을 바라보지 못한 저 자신이 아쉽고 많이 부끄러웠습니다.

저는 파킨슨병이 아버지의 삶의 결과란 착각에 사로잡혀 병자체를 아버지라 생각하곤 했습니다. 숲은 보지 못하고 나무만 본 것처럼, 아버지의 삶의 과정을 제대로 이해하지 못했습니다.

지금도 저는 아버지의 삶 모두를 이해할 수는 없습니다. 다만 아버지의 파킨슨병이 제 영혼을 성장시키기 위한 과정이라는 것을 어렴풋이나마 기억하고 있을 뿐입니다. 뒤늦은 후회와 함께 이제부터는 아버지의 삶의 모든 모습을 보려고 합니다. 그리고 이 감정들을 글로 표현해야겠다는 마음이 들었습니다.

10.

아버지와 더 이야기를 나누어야겠다는 생각이 들었지만, 막상 입이 떼어지지 않아 한참을 머뭇거리던 저는 불쑥 내뱉었습니다.

"아버지, 다음 운전면허 적성검사는 언제 하세요?"

"2020년 12월 31일까지. 65세 넘으면 5년마다 검사를 받아야 하거든."

"네! 그때도 당연히 받으러 가셔야겠네요. 그땐 제가 모시고 갈게요."

아버지는 제게 많이 미안하셨는지, 40년 넘게 가지고 계시던 운전면허증이 없으니 너무 허전해서 어쩔 수 없이 다시 적성검사를 받고 운전면허증을 발급받았다는 이야기를 하셨습니다. 저는 모든 것을 이해할 수 없었지만, 아버지의 마음은 이해가 되었습니다.

그렇게 제 합리적 이성은 보기 좋게 무너져버렸습니다. 단지 아버지가 다음 적성검사 때까지 건강하시기만을 바랄 뿐입니다.

아버지의 신음소리

1.

어느 순간부터 세상만사가 다 귀찮고 의미가 없게 느껴졌습니다. 추운 겨울이면 제게 나타나는 지병이 올 겨울에도 어김없이 발병했습니다. 제 삶의 이야기와 함께 그 이유를 되짚어보면 어느 정도 일리는 있을 거라고 혼자 자문자답해봅니다.

지금도 이어지고 있지만, 저의 30대는 꼭두새벽에 일어나 일하는 것이 일상이었습니다. 1년을 조금 더 일한 아파트 단지 내 새벽 세차는 물론, 4년간의 도매시장 생활과 지금의 쓰레기와 재활용품 수거작업까지 모두 새벽에 일이 시작됩니다.

그런데 이 일들은 겨울에는 특히 추운 날씨 때문에 더 고되고 힘이 듭니다. 그냥 한 가지 일에만 만족하고 그 일만 했으면 제가 조금 덜 지쳤을지도 모릅니다. 하지만 제가 처한 상황이 끊임없이 일정 금액 이상의 돈을 벌어야만 삶을 영위할 수 있는 기본 환경인지라 찬밥 더운밥을 가릴 처지가 못 됩니다.

처음에 아파트 단지의 세차 일을 할 때는 새벽 3시 30분쯤 일어나 주차된 차들을 3시간 정도 닦고, 이어 곧바로 건너편 주유소로 가서 두 번째 일을 시작해 저녁 7시까지 쉬지 않고 일했습니다. 그것도 모자라 주말에는 아르바이트로 도매시장에 가서 산지에서 올라오는 각종 채소 상자를 나르는 일을 했습니다. 자연히 한 달에 한 번도 쉬지 못하는 때가 많았습니다.

그 후에 본격적으로 도매시장에서 일했던 4년간은 새벽 4시부터 오후 7시까지, 그것도 한 달에 두 번 정도만을 쉬고 일했는데, 특히 추운 겨울에 물미역과 나물 가게에서 힘들게 일했던 기억 때문에 어느 순간부터 겨울이 제일 싫은 계절이 되었습니다. 그렇게 4년 동안 도매시장에서 고생한 경험이 지금의 쓰레기 수거 일에 도움이 될 줄은 몰랐습니다. 도매시장에서의 4년간 힘들었던 생활을 생각하면 이제 웬만큼 힘든 일은 고생처럼 느껴지지가 않습니다.

올해 봄부터 새로 시작한 쓰레기 수거 일을 하면서도 여전히 두세 가지 일을 함께해야만 했습니다. 통상 새벽 1~2시 무렵에 쓰레기 수거 일이 시작되는데, 그 일을 마치는 오전 9시경에 택배 하차를 하고, 얼마간의 휴식 후 저녁 6시부터 풋살구장 관리를 시작해 밤 12시에 저의 하루가 끝납니다. 그리고 자동차에서 한두 시간의 쪽잠을 잔 후 일어나 다시 쓰레기 수거에 나서는 생활이 한동안 다람쥐 쳇바퀴 돌듯 이어졌습니다.

남들은 쓰레기 수거 하나만 해도 힘들어 하는데, 몸이 아픈 부모님 생활비를 혼자 감당해야 하는 제게는 그런 사치를 부릴 여유가 없습니다. 친구 한 명이 이러다가 몸이 망가진다며 저를 걱정해주기도 했지만, 지금은 이렇게 할 수밖에 없습니다. 그래야만 겨우 생활을 유지할 수 있기 때문입니다.

너무 힘들어 얼마 전에 택배 하차는 그만두었지만, 여전히 풋살구장 일을 끝마치고 한두 시간 휴식 후 다시 새벽에 일어나 일을 나서는 생활의 반복입니다. 이러한 몸의 혹사는 결국 겨울이 되면서 무기력증으로 허물어져, 지난주에는 제 삶에서 처음으로 이틀 연속 무단결근을 했습니다.

도매시장에서 일할 때 한 친구가 피로는 꾸준히 쌓이는 마일리지와 같기 때문에 때가 되면 풀어줘야 한다고 저를 걱정하며 이야기한 적이 있습니다. 그동안 아무리 힘들고 지쳐도 지금까지 단 한 번도 결근한 적이 없었는데, 제 의식이 완전히 밑바닥으로 떨어지기 시작하니 삶에 대한 원동력을 도저히 찾을 수가 없었습니다.

제 삶의 피로 마일리지가 가득 차서 더 이상 견디기가 힘들었습니다. 2000년 2월 1일 군대를 제대한 이후 지금껏 계속해서 힘들고 고되게 살아왔는데, 돌아오는 보상은 둘째 치고 세상을 향해 끊임없이 방백만 하는 제 삶이 참 의미 없게 보이기 시작했습니다.

'도대체 난 무슨 이유로 이렇게 죽도록 고생만 하고 살아야 하는가? 계속해서 이렇게 평생 고생하는 삶을 살 것 같으면 그냥 지금 모든 것을 정리하는 것이 더 좋지는 않을까?'

지금까지 계속 밑 빠진 독에 물을 붓는 것처럼 반복되는 제 삶의 프랙탈…. 저는 처음으로 '죽음'을 생각했습니다.

2.

지난 화요일에는 가슴이 너무 답답하고 화가 치밀어 올라 미칠 것만 같았습니다. 사막 한가운데 혼자 고립된 것처럼 느껴졌습니다. 예전에는 자살하는 사람들을 의지빈약이라 지칭하며 한심하다고 생각한 적이 있습니다. 자살할 힘으로 다시 열심히 살면 된다고 하며 쉽게 생각했습니다. 그런데 이제는 '오죽하면 그런 선택을 했을까?' 하고 이해가 되었습니다.

오늘 겨우 출근해서 쓰레기 수거와 택배하차, 풋살구장 일을 다 끝내고 난 밤 12시. 제 삶의 배터리가 모조리 방전된 것처럼 아무런 힘도 남아 있지 않았습니다. 다시 출근하기 직전인 수요일 새벽에 회사의 전무님께 그만두겠다는 문자 한 통을 보내고, 핸드폰을 끈 채 잠을 잤습니다.

전무님, 이형진입니다. 제 삶에 너무 지쳤습니다. 아마도 이해 못하실 겁니다. 그냥 그만두겠습니다. 저 대신 다른 분을 빨리 투입하셔야 할 것 같습니다. 죄송합니다.

제 인생에서 이렇게 경우 없게 일을 마무리한 적은 20대 초반 서울역 맥도날드에서 매니저랑 싸워 며칠 일하고 그만둔 것을 제외하면 처음 있는 일이었습니다.

그런데 다음날인 목요일은 공교롭게도 파킨슨병을 앓고 있는 아버지가 울산대병원에 정기 진료를 받으러 가야 하는 날이라 아침 일찍 일어나 경주에서 차를 몰고 울산의 집으로 향했습니다. 이건 뭐 드라마나 영화도 아닌데, 그 전날까지도 자살을 고민하다가 스스로 차를 몰고 부모님께 가야 하는 현실이라니! 제가 가지 않으면 아버지가 정기적으로 복용하는 파킨슨병 약의 여분이 없다는 것을 잘 알고 있었기에 가지 않을 수 없었습니다.

집에 도착해서는 언제나 그랬던 것처럼 부모님께는 아무런 내색을 하지 않고 두 분을 차에 태웠습니다.

"으으으…"

차를 후진하려던 순간, 아버지의 신음소리가 제 귀에 또렷이 들렸습니다. 이것이 제게 온 첫 번째 메시지라는 것을 나중에 알았습니다. 차를 후진하는 찰나에 갑자기 승용차 한 대가 뒤편을 스쳐 지나갔습니다. 어느 날부터 후진할 때 후방 카메라에 의존하는 습관이 생긴 저는 미처 그 차를 보지 못했습니다.

갑자기 아버지가 '으으으' 하며 신음소리를 내고 계셨던 이유는 뒤에 차가 오니 조심하라는 신호였습니다. 뒤에 차가 온다는 말이 아버지의 목까지는 잘 올라왔을지 모르지만 딱 거기까지였습니다. 파킨슨병 환자들은 병을 오래 앓아오면서 언어와 표현에 대한 순발력이 현저하게 떨어지게 됩니다. 아버지는 뒤쪽에 차가 온다는 말을 하고 싶으셨지만, 아버지의 신음이 그 표현을 대신했던 것입니다.

그날 아버지의 신음소리 덕분에 저는 다행히도 큰 사고를 피할 수 있었습니다. 울산대병원으로 가는 동안 아버지의 신음소리는 제 귓가를 이상하리만큼 맴돌고 있었습니다.

'왜 그럴까?'

3.

대구에 혼자 살면서 도매시장 일이며 새벽 세차 일을 할 때는 아버지를 모시고 병원에 함께 갈 수가 없었습니다. 하지만 경주로 이사 온 다음부터는 두세 달에 한 번 간격으로 있는 아버지의 정기 외래진료를 함께 다니고 있습니다. 매번 병원에 갈 때마다 담당 의사 선생님 앞에서 제가 하는 농담이 하나 있습니다.

"우리 아버지, 의사 선생님 앞에만 오시면 항상 더 건강해지신다니까! 자주 병원에 와야겠네!"

정말 재미있게도 어린아이들이 병원에만 오면 아픈 배가 하나도 아프지 않다고 하는 것처럼, 아버지 역시도 의사 선생님이 한 번 걸어보라고 하면 정상인과 비슷한 발걸음을 보여주시곤 합니다.

이번 진료에서는 의사 선생님이 추운 겨울이고 하니 제게 아버지 운동을 위해서 실내 자전거를 하나 사라는 이야기를 해주셨습니다. 모든 병이 다 그렇지만, 파킨슨병 환자 역시도 규칙적인 운동만이 병의 진행을 조금이라도 더디게 할 수 있다는 말을 덧붙이셨습니다.

아버지는 자전거를 타는 것이 도움이 된다는 의사 선생님의 이야기를 말없이 듣고만 계셨습니다. 진료를 마치고 방을 나가려는 순간, 아버지가 의사 선생님께 질문하셨습니다.

"난치성 환자를 재등록하라는 문자를 받았는데, 어디서 해야 하는 겁니까?"

"예! 일단 제가 여기서 등록해드리고요, 수납하는 곳에 가서 등록을 한 번 더 하시면 됩니다."

그때야 정확히 알게 되었습니다. 아버지의 파킨슨병이 2006년 3월 30일에 첫 등록이 되었다는 것을…. 여기서도 전혀 웃을 수 없는 이야기가 하나 있습니다.

2005년 11월쯤 아버지의 걸음걸이가 이상하다고 여긴 어머니는 집 근처 한의원에 아버지를 모시고 갔고, 그곳에서 '근위축증'이라는 진단을 받았습니다. 근위축증이란 몇 년 전에 '아이스 버킷' 행사로 유명해진 루게릭병을 의미하는 것이었습니다. 이때는 정말 하늘이 무너지는 줄 알았습니다. 한의원 원장님의 말만 믿고 몸에 좋다는 한약을 두 달 넘게 드셨지만, 원장님의 장담과는 달리 아버지의 병세는 전혀 차도가 없었습니다.

다행히 그때 서울에 있는 이복동생(아버지는 세 여자를 만나 4남1녀를 두었습니다)과 아버지는 연락이 닿았고, 이복동생의 선배가 근무하는 노인전문병원에서 아버지의 정확한 병명이 루게릭병이 아닌 파킨슨병이라고 확실히 알게 되었습니다. 이 당시 모순적이게도 참 다행이라는 생각을 할 수밖에 없었습니다. 파킨슨병이 루게릭병보다는 그나마 낫다고 스스로를 위로했습니다.

수납처에서 난치성 환자 등록을 하고, 92일분의 파킨슨병 약을 대학병원의 구내 약국에서 받은 후 주차장으로 가 차에 올랐습니다. 집으로 오는 동안 어머니와, 의사 선생님이 말씀하신 실내 자전거를 사게 되면 집 어디에 놓아야 하는지를 이야기했습니다. 아버지는 평소와 다르게 어머니와 저의 이야기를 듣고만 계셨습니다. 원래 같으면 "괜찮아, 괜찮다, 필요 없다!"는 말을 입에 붙이고 사시는데 이번에는 다르셨습니다. 물론 그렇다고 사달라는 의사 표현 역시도 하지 않으셨습니다.

아버지는 제가 고등학교 3학년 때인 1996년경 집이 망하고 난 뒤부터, 제게 미안해서인지 아무런 말도 못 하십니다. 자식에게 도움은커녕 짐만 가득 지운 자신의 잘못을 침묵으로 대신합니다. 그렇다고 현실은 조금도 달라지지 않는데, 그것이 제 가슴을 더 아프게 합니다.

어제도 치과에 다녀오셨는데, 함께 다녀오신 어머니가 이런 이야기를 해주셨습니다.

"니한테 미안해서 치과 자꾸 가지 않으려 하신다. 힘들게 일하는 자식한테 부담준다고….".

저에게 부담을 안 주시려는 아버지의 치아는 이제 몇 개 남아 있지가 않습니다. 잇몸이 너무 약해 틀니도 할 수 없고, 겨우겨우 음식을 씹고 계십니다.

이것은 어머니 역시도 사정은 마찬가지입니다. 아버지보다 조금 나은 편이기는 하지만, 어머니도 제게 더 이상 짐을 지워주기가 미안하다며 문제 있는 치아를 너무 오랫동안 방치를 했기에 음식물을 씹는 데 불편함을 느끼고 계십니다.

3년 전부터 제게 신용카드가 다시 발급되어(믿었던 형에게 사기를 당해 신용불량자로 살다 8년간의 신용회복기간을 거쳐 신용카드 사용이 가능해졌습니다) 부모님의 이를 조금씩 치료하고 있지만, 치과에 갈 때마다 돈이 꽤 많이 들기에 부모님은 아직도 치과에 가는 것을 마지막 보루로 생각하시는 것 같아 많이 안타깝습니다. 제가 괜찮다고 말해도 부모님의 마음은 그렇지 않으신가 봅니다.

4.

이런 현실이 너무 힘들고 답답해 제가 멘토로 의지하고 있는 S선생님께 여러 번 상담했는데, 이번에도 돌아오는 대답은 같았습니다.

"자네 입장을 다른 사람들이 어떻게 이해를 하겠나! 쉬는 것도 좋은 방법이네…. 해주고 싶은 말은 있지만, 지금 자네 상태로는 이야기하지 않는 것이 좋겠네…."

다행히도 제 방황은 단 이틀이 지나 제자리로 돌아왔습니다. 후진하는 제 차의 사고를 막으려는 아버지의 신음소리와, 실내용 자전거를 사야겠다는 말에 평소와는 달리 "괜찮다"라는 반응을 보이시지 않은 아버지…. 이처럼 아버지가 살려는 의지를 보이시는 것만으로도 제 삶의 동력원이 되기에는 충분했습니다.

보통의 파킨슨병 환자는 발병 후 5년 동안은 일상생활에서 큰 불편함을 느끼지 못하는 경우가 많습니다. 아버지 역시도 마찬가지셨습니다. 하지만 발병 후 5년에서 10년 사이가 고비가 되는 경우가 많다고 하는데, 당시 파킨슨병 9년 차인 아버지 역시도 이 상황에 해당했습니다. 점점 더 자주 넘어지시고, 첫발을 내딛기 힘든 경우가 참 많았습니다. 벌써 두 번이나 크게 넘어져 병원 신세를 지기도 했습니다. 이런 아버지이시지만, 얼마 전부터 제가 읽고 있는 파킨슨병 관련 의학서적을 빌려 달라고 하시며 천천히 읽고 계십니다.

저는 그런 아버지를 지켜보며 잠시나마 죽음에 대해 생각했던 저 자신을 뒤돌아보았습니다. 그리고 아버지의 삶의 의지와 그 동력원이 무엇인지 다시금 생각할 기회를 얻었습니다. 저와 달리 다른 이복 4남매들은 모두 결혼해 전부 자리를 잡아 각자의 삶을 열심히 살아가고 있지만, 저는 그렇지 못한 것이 아버지 마음에 남아 있다는 것을 알게 되었습니다. 아마도 아버지는 살아 생전에 제가 자리를 잡는 것을 꼭 보고 싶으신가 봅니다.

5.

지난주만 해도 다시는 쓰레기 냄새를 맡기가 싫었습니다. 제 삶의 이유를 도저히 찾을 수가 없었기 때문입니다. 아무리 노력해도 벗어나지 못하고 제자리걸음하는 현실과 지난 15년간의 고생이 아무런 의미가 없는 것처럼 제게 다가왔습니다. 매서운 바람이 속살을 파고드는 겨울 새벽에 일하는 것이 너무 서럽게 느껴졌습니다. 숨이 막힐 듯이 너무나 외롭고 쓸쓸했습니다.

그런데 다음날 아버지를 모시고 울산대병원에 가는 순간 그 외로움이 일종의 꾀병이라는 것을 직시할 수 있었습니다. 그리고 그 꾀병조차도 병으로 인정해주고 상담해주신 S선생님께 감사를 드립니다.

6.

지난 수요일부터 헬렌 켈러가 쓴 『사흘만 볼 수 있다면』을 읽고 있습니다. 헬렌 켈러의 이야기를 읽으며 제가 참 배부른 고민을 하고 있다는 것을 또다시 깨닫게 되었습니다.

때론 내 마음은 이 모든 것을 보고 싶은 열망으로 가득해집니다. 그저 만져보는 것만으로도 이렇게나 큰 기쁨을 얻을 수 있는데, 눈으로 직접 보면 얼마나 더 아름다울까! 그런데도 볼 수 있는 눈을 가진 사람들은 그 아름다움을 거의 보지 못하는군요. 내가 만약 대학 총장이라면 '눈을 사용하는 법'이란 강의를 필수 과정으로 개설했을 겁니다. 사람들이 아무런 생각 없이 지나치는 것들을 진정으로 볼 수 있다면 삶이 얼마나 즐거울지를 알게 해주는 강의가 되겠지요. 말하자면, 나태하게 잠들어 있는 기능을 일깨우는 겁니다.

이제 저는 그토록 맡기 싫었던 쓰레기 냄새를 다시 맡고 있습니다. 예전과는 전혀 다른 향이 나는 것 같습니다. 만약 제가 대학 총장이 된다면 '쓰레기학'이란 강의를 필수과정으로 개설할 것입니다. 인류가 지구상에 등장한 후부터 쓰레기만큼 우리 삶과 밀접한 관계를 맺고 있는 것은 없기 때문입니다. 자연계에서 오직 인간만이 쓰레기를 생산해낸다는 사실을 자각하는 것은 그리 어렵지가 않습니다. 제 삶이 헬렌 켈러의 삶처럼 의미 있는 삶이 되었으면 합니다. 단지 약간의 쓰레기만 남는 삶이 되었으면 합니다. 그 이상 무엇을 더 바랄 수 있을까요?

파킨슨병을 공부하다

"아~ 진짜 좀 의사 선생님이 시키는 대로 하세요! 그 전에 있던 약은 다 버리시고, 오늘 새로 타온 약 드시라니까요! 도대체 아빠고 엄마고 말 듣는 사람 하나도 없다니까!"

저는 스스로를 자제하지 못하고 아버지께 대화가 아닌 아주 강하고 버릇없게 일방적인 공격을 가했습니다. 집에서 항상 슈퍼 갑에 무소불위의 권력을 휘두르는 나! 그런데 언제나 제 이야기를 듣기만 하시던 아버지가 제 말에 반응을 보이기 시작하셨습니다. 순간 저는 많이 놀랐습니다. 그리고 방금 전에 제가 한 행동에 대한 죄송함이 밀려옴과 동시에 모순적이게도 기뻤습니다. 사연은 이렇습니다.

아버지께서는 울산대병원에 갔다가 집에 돌아오니 좀 어지러우셨는데, 때마침 약 먹을 시간이 되었기에 미리 준비해둔 이전 약을 드셨습니다. 저는 새로 지은 이번 약을 드시지 않은 아버지의 모습에 화가 났고, 제 공격에 항상 무반응으로 대응하시던 아버지가 이번에는 억울하셨는지 그 이유를 제게 말씀하셨습니다. 10여 년 동안 파킨슨병을 앓아온 아버지는 아침 7시, 낮 12시, 오후 5시 이렇게 매일 하루 세 번 정해진 시간에 약을 드십니다. 그동안 약 먹는 시간을 단 1분도 어기시지 않은 꼼꼼한 아버지셨습니다.

그날은 집에 도착하니 12시가 훨씬 지났고, 아버지가 복용하시는 파킨슨병의 약은 종류가 많은 편이라 아버지는 이번에 받아온 새 약을 정리해서 먹을 기운이 없으셨나 봅니다. 이전 약을 드시고 어지러움이 조금 가셨는지 그제야 오늘 받아온 약을 먹기 편하게 일주일치 분으로 나누기 시작하셨습니다.

저는 아버지가 약을 정리하시는 모습을 보는 순간 많이 놀랐고, 한편으론 부끄러웠습니다. 지금까지 단 한 번도 아버지가 드시는 약에 관심을 가져본 적이 없었기에 약이 이렇게나 많은 줄 전혀 알지 못했습니다. 그 많은 약을 떨리는 손으로 가지런히 정리하시는 아버지의 모습을 보니 순간적으로 울컥하며 가슴이 아팠습니다. 아버지의 육체는 파킨슨병에 의해 어쩔 수 없는 지배를 당하고 있지만, 정신만큼은 아직 의식을 유지하기 위해 안간힘을 쓰시는 것 같았습니다. 문득 이런 생각이 스쳐 지나갔습니다.

'어쩌면 이 모습이 가장자리에 머물러 계셨던 아버지의 가장

다운 모습은 아닐까?'

아버지가 지난 10여 년 동안 파킨슨병을 앓아왔지만, 제가 아버지의 파킨슨병을 본격적으로 공부한 것은 이번 여름에 아버지를 모시고 울산대병원에 다녀온 후부터입니다. 불과 3개월밖에 지나지 않았습니다.

사실 군 제대 후 막연하게나마 작가를 꿈꾸며 지금껏 글을 긁적이면서 꾸준히 책을 읽어 왔기에 다방면의 책을 접했습니다. 웬만한 책은 들춰본 것 같고, 가지고 있는 책도 1천여 권이 넘습니다. 그런데 아버지가 앓고 계신 파킨슨병에 관한 책이 단 한 권도 없다는 사실에 많이 죄송했고, 어이가 없었습니다. 제 삶에 빠져 허둥대고 있었기에 아버지의 삶과 아버지가 앓고 계신 파킨슨병을 이해할 겨를도, 이해하고 싶은 마음도 없었습니다. 매달 집에 생활비로 보내 드려야 하는 돈의 액수가 가장 중요한 관심사였지 아버지의 삶을 이해하려는 노력은 전혀 하지 않았습니다.

지난여름 외래진료 이후 아버지는 파킨슨병의 특징 중 하나인 비자발적 운동성 동요가 부쩍 심해지셨습니다. 검사 결과를 설명해주시는 담당 교수님께 저는 악몽을 곧잘 꾸시는 아버지를 위해 뇌에 들어가 도파민 역할을 하지만 그 부작용으로 악몽과 환각 상태를 유발하는 레보도파 제제를 다른 것으로 대체해 주십사 부탁드렸습니다.

그런데 그 반대급부는 알지 못했습니다. 레보도파 제제의 복용량을 줄이면 운동성 동요나 비자발적 운동인 이상 운동증 같은 증상이 나타나기 시작한다는 것을…. 레보도파 제제의 복용량을 줄이면서 아버지는 악몽을 덜 꾸셨지만, 그 반대급부로 가만히 앉아 있어도 팔다리가 춤추는 것과 같이 제멋대로 움직이는 현상이 자꾸만 나타나기 시작했습니다.

그런 아버지를 보며 어머니가 왜 그러냐고 물어보시면, 그때마다 아버지의 대답은 살아온 자신의 삶처럼 한결같은 일관성 '괜찮아'로 응답하셨습니다.

"괜찮아! 지금 일부로 운동하는 중이야, 괜찮아!"

뭔가 이상하다고 어머니는 속으로만 생각하셨지, 겉으로는 크게 표현을 하지 않으셨습니다. 당시 부모님과 함께 살지 않고 매달 집에 보내야 하는 생활비를 벌면서 홀로 경주에 떨어져 살았던 저는 담당 교수님께 다시 아버지의 상황을 설명하고 조심스레 약 성분을 바꿔야 하지 않느냐는 건의를 드렸고, 교수님은 약을 바꿔주셨습니다.

집으로 돌아와 하루라도 빨리 비자발적 운동인 이상 운동증이 사라졌으면 하는 마음에 아버지께 새로 처방받은 약을 드시라 강하게 권했지만, 아버지는 고집스레 지난번 약을 드셨습니다. 꾸준히 복용하던 약이기에 한두 번 복용으로 증상에 큰 영향을 미치는 것도 아닌데, 순간적으로 제 짜증이 폭발했습니다.

어느 정도 마음이 가라앉았을 때 진작에 아버지의 파킨슨병을 공부하지 않은 것에 대한 후회와 죄송스러운 감정이 올라오며 눈시울이 붉어졌습니다. 저는 눈물이 나는 것을 감추기 위해 괜히 먼 산을 바라보았습니다.

무장해제 武裝解除

"처음에는 새벽에 나와 서글프기도 하고, 이 냄새나는 일을 내가 꼭 해야 하나 하는 생각도 수시로 들겠지만…. 하다 보면 별 것 아니제, 세상 모든 것이 다 똑같은 기라…."

추운 겨울 날씨만큼 참 우울했었는데, 등 뒤에서 들려오는 소리에 제 마음을 들킨 것 같아 많이 놀랐습니다. 음식물 쓰레기 매립장에서 만난 기사분의 이 말이 제 마음을 녹여주고 있었습니다.

'어떻게 지금 내 마음을 저렇게 잘 알고 계실까?'

애써 태연한 척 소리 없이 미소 지었지만, 문득 '이제는 내가 가진 무장을 해제해야 할 때인가 보다'라는 생각이 스쳐 지나갔습니다.

세상에서 가장 쉽게 저를 흔들어 무장시키는 것은 언제나 부모님의 건강입니다. 너무 건강하셔서 평소 감기 한 번 걸리지 않은 아버지에게 난치성 질환인 파킨슨병이 찾아왔다는 것은 큰 충격이었습니다. 몸의 균형감각 상실, 어눌한 말투, 표정 없는 얼굴, 악몽, 환상 등은 파킨슨병 환자의 고유한 특성이기에 이제는 당연한 것으로 받아들이고 있습니다.

그런데 제 모든 초점이 아버지에게 향하고 있을 무렵, 어머니의 건강이 점차 악화하고 있다는 것을 전혀 눈치 채지 못했습니다. 어머니는 언제나 그렇듯이 그 자리에 가만히 계실 줄로만 알고 있었습니다. 하지만 이제는 몸이 성치 않은 아버지가 오히려 어머니를 보살펴야 할지도 모를 만큼 어머니의 건강이 급격하게 나빠지고 있었습니다.

지난 주말에는 풋살구장 심야 아르바이트를 마치고 부모님이 계신 울산의 집으로 가는 길에 처음으로 '햇반'을 샀습니다. 어머니와 전화 통화를 하면서 저는 깜짝 놀랐습니다. 제게 밥을 해줄 힘이 없다며 햇반을 사서 오라는 어머니의 말에 무척이나 가슴이 아팠습니다. 지금까지 제가 알고 있던 어머니는 아들이 오랜만에 집에 오는데 햇반을 사오라고 하실 분이 아니기 때문입니다. 평소에는 있는 밥도 식은 밥으로 만들고, 아들에게는 언제나 새로 지은 따뜻한 밥을 차려주시는 분이기에 많이 놀랐습니다.

큰 병원에 가서 검진을 한 번 받아보자는 제 말에 어머니는 계속 괜찮다고만 하시는데, 서로 깊은 말은 하지 않았을 뿐 어머니의 두려움과 제 두려움은 같았습니다.

'혹시라도 그 검진이 경제적인 어려움과 맞물린다면….'

아버지에 더해 어머니의 건강까지도 걱정해야 하는 상황도 그렇거니와, 안타깝게도 병원에 모시고 가지 못하는 형편 때문에 요즘 들어 사는 것이 더 재미없어졌습니다. 지난 15년 동안 매달 꼬박꼬박 생활비를 부쳐드렸지만 밑 빠진 독에 물 붓기를 한 듯 상황은 나아질 기미가 보이질 않았고, 하루가 다르게 어머니의 건강도 심상치 않기에 제 기분은 짜증이 폭발할 지경이 되었습니다.

그런데 음식물 쓰레기 매립장에서 만난 기사분의 말에 제 무장이 다 해제된 듯한 기분이 들었습니다. 올해 1월부터 시작한 음식물 쓰레기 수거는 작년에 9개월 동안 했던 종량제 쓰레기 봉투 수거와는 일의 강도가 다릅니다. 종량제 쓰레기 봉투는 어느 한 곳에 모여 있는 경우가 많지만, 음식물 쓰레기통은 각 가정의 문 앞에 놓여 있습니다. 그래서 120ℓ 음식물 쓰레기통을 좁은 골목으로 이리저리 끌고 다니며 집집마다 수거해야 합니다. 가정에서 내다놓은 음식물 쓰레기가 120ℓ 통에 점점 차오르면 당연히 무거워진 무게만큼 역겨운 냄새가 코로 올라오기에 비위가 많이 약한 저는 적응하기가 힘이 들었습니다.

하지만 음식물 쓰레기 매립장에서 만난 기사분 말씀처럼 세상 모든 일이 하다보면 별 것 아닙니다. 상한 음식물이 뒤섞여 나는 역겨운 냄새도 어느 정도 적응하기만 하면 나머지는 망각의 강으로 보내는 것처럼 그 냄새가 어느 순간 잊히기도 합니다.

그런데 부모님에 관해서는 그렇지 못한 채 계속 무장을 하고 있습니다. 주말에 부모님이 계신 울산을 다녀온 후 제 마음은 계속 불안하기만 합니다. 어머니의 나약해진 모습이 마음에서 떠나지를 않습니다. 그런 때문인지 생각지도 못한 '무장해제武裝解除'란 말이 갑자기 떠올랐습니다.

예전에 전국을 돌아다니며 골프장에 농약을 뿌렸던 일과 그 후 4년 동안 했던 도매시장 생활을 비롯해 지금 하는 음식물 쓰레기 수거 등 그동안 거칠고 힘든 일을 할 때면 저도 모르게 스스로를 무장시키곤 했습니다. 그럴 때마다 저의 무장을 해제시켜준 분들은 오랫동안 그 일을 경험하신 분들이었습니다.

누군가에게 얼마 전 이런 이야기를 들은 적이 있습니다.

거리에서 청소하시는 분을 본 첫 번째 어머니는 아들에게 "너 공부 안 하면 나중에 저렇게 된다!"고 말씀하셨습니다. 그런데 두 번째 어머니는 아들에게 "나중에 훌륭한 사람이 되어 저런 분들도 살 만한 세상을 만들어야 한다!"고 말씀하셨습니다.

다들 두 번째 어머니처럼 교육시켜야 한다고 말합니다.

그런데 제게는 첫 번째와 두 번째가 모두 같은 의미로 들렸습니다. 두 어머니 모두 결과적으로는 아들을 무장시키고 있습니다. 비록 제가 짧은 세월을 살아왔지만, 다소 거칠고 힘든 여러 가지 일을 하면서 한 가지 깨닫게 된 사실이 있습니다.

세상을 제대로 살려면 어서 빨리 무장을 해제시켜야 합니다. 그런데 무장을 해제시키기 전까지는 완벽한 무장을 하고 살아야 합니다. 이 모순을 제 삶에 언제쯤 완벽히 대입할 수 있을까요?

음식물 쓰레기 매립장에서 만난 기사님 덕분에 제 마음 안에 들어있는 무장을 어서 빨리 해제해야 한다는 것을 알았습니다. 그런데 부모님에 관해서는 어떻게 하면 제 무장을 해제할 수 있을지…. 제게는 아직 쉽지 않은 일입니다.

쓰레기 치우는 주제에

1.

오늘 회사에서 회식을 했습니다. 새벽부터 일하는 우리 회사의 회식은 다른 회사의 그것과 사뭇 다릅니다. 보통 오전 10시에 회식이 시작되어 오후 1시쯤에 끝납니다.

우리가 일하는 시간은 새벽 1~2시에 시작되어 오전 8~9시쯤 끝이 나기에, 우리의 생활 주기는 항상 야간에 초점이 맞추어져 있습니다. 그리고 여느 회식자리와 마찬가지로 술을 진통제 삼아 그간의 설움과 짜증을 발산하곤 합니다. 오늘도 그런 일이 있었습니다.

"쓰레기 치우는 주제에…."

저는 이 일을 한 지 4개월밖에 되지 않아 들은 적이 없지만, 우리 회사 대다수분들이 이런 이야기를 들은 경험이 있습니다(지난주에도 시민 한 분이 청소 일하시는 분에게 '쓰레기 치우는 주제에'라며 시비를 걸었고, 결국 경찰서에 가서 조사까지 받고 오는 억울한 일이 있었습니다).

우리 회사 직원 15명 가운데 제가 가장 어린 나이에 속합니다. 대부분 60대이시고, 가장 연세가 많으신 분은 저랑 함께 일하시는 71세 어르신입니다. 부모님 세대분들과 함께 일하니, 저는 주로 경청을 합니다.

"우리가 가장 약자야, 우리가 아무리 잘못이 없어도 민원인들하고 싸우면 이길 수가 없어!"

"그래 맞아! 쓰레기 치우는 주제라는 말이 나오기 전에 그냥 숙이고 들어가야지, 붙어서 뭐하나, 어차피 우리가 지는데…."

지난주 억울한 일을 당하신 분의 응어리진 이야기가 가슴을 아프게 합니다. 누구의 잘못인지는 잘 모르겠지만, 쓰레기 치우는 주제가 가벼운 주제가 아닌 것만은 확실합니다.

2.

4년 동안 일했던 대구의 도매시장 일을 그만두었을 때, 저는 한 가지 큰 착각을 했습니다.

'이번 도매시장 일이 내 인생에서 마지막으로 힘든 육체노동일 거야….'

하지만 저의 이 생각은 보기 좋게 빗나가고 말았습니다.

지난 4년 동안의 대구 생활을 정리하고, 지인분이 있는 경주로 무작정 이사를 왔습니다. 집에 보낼 석 달의 생활비를 제외하면 아무런 대책이 없었지만, 그만큼 몸도 마음도 지쳐 있었습니다.

며칠 짧은 휴식을 취하고 집 근처의 주유소에서 일을 시작했습니다. 꿈에 그리던 주간 근무만 했기에 재충전의 시간을 보낼 수 있었습니다.

어차피 주유소에서는 잠깐만 일을 할 예정이었지만, 시간은 왜 그렇게 빨리 흐르는지 3개월 후에는 수입에 대한 압박감에 쫓겨 어쩔 수 없이 새로운 직장을 찾고 있었습니다. 그런데 주유소에서의 마지막 날은 참 이상했습니다. 저의 어려운 사정을 알고 조화를 부리기라도 하는지 거듭 일자리 제안이 들어왔습니다.

"총각! 주위에 일할 사람 없나?"

오전 10시경 단골이신 생수 배달 사장님이 갑자기 제게 일할 사람을 구해 달라고 하셨습니다.

"어, 저 오늘 주유소 마지막 날인데….."

"그럼 총각, 생수 배달 한 번 해볼래?"

"월급은 얼마예요? 쉬는 날은요?"

"초봉 170에 일 년마다 10% 인상, 일요일은 쉬고….."

저는 일요일에 쉰다는 말에 구미가 당겼습니다. 그전에 일한 도매시장에서는 한 달에 두 번, 그것도 토요일에 쉬고 일요일 새벽 4시에 출근을 해야 했기에 쉰다는 것이 큰 의미가 없었습니다. 그래서 명함을 받고 퇴근 후 연락을 드리기로 했습니다.

그런데 그로부터 정확히 30분 후, 또 다른 단골 차 한 대가 들어왔습니다. 이 차의 기사분 역시도 친분이 있었기에 편하게 대화를 나누었습니다.

"사람 한 명만 구해줘요! 옆에 타고만 있어도 180, 200은 줘요!"

30분 전에 명함을 받았던 생수 배달 일보다 돈을 더 받을 수 있다는 말이 저의 구미를 당기게 했습니다. 이 일도 역시 일요일은 휴식입니다.

하지만 지금 주유소에서 함께 근무하고 있는 한 친구가 예전에 이 청소업체에서 조금 일하다가 그만두었다며, 저에게 말했습니다.

"형님! 그 일 사람 할 일이 못 됩니다. 허리도 아프고, 냄새도 많이 나고, 더럽고…."

그 친구는 세상에서 표현될 수 있는 부정적인 형용사와 동사를 망라하여 사용해 말리기를 계속했습니다. 물론 저는 한마디 말로 일축했습니다. 우리가 살아온 과정이 다르듯이 각자가 일에 대해서 느끼는 감정이나 체감 온도도 다를 것입니다. 저의 이 자신감 안에는 새벽 4시부터 시작해 오후 7시에 끝났던 도매시장의 힘들었던 경험이 내포되어 있었습니다.

수입에 대한 압박감을 안고 있다가 내일 당장 일하러 갈 수 있는 곳을 찾았다는 안도감은 저를 오후 내내 기분 좋게 일하게 했습니다. 마지막 날이었으니 대충 일할 수도 있었지만, 저는 첫날인 것처럼 성심성의껏 일했습니다. 그렇게 기분이 너무 좋은 상태에서 일하고 있으니, 주유소에 일하는 사람 중 저처럼 신나게 일하는 사람을 본 적이 없다며 또 다른 단골 한 분이 명함을 주셨습니다. 급식 업체를 경영하는 사장님이신데, 자기 회사에 와서 일해볼 생각이 없냐며 물으셨습니다.

하지만 저는 제 느낌대로 가기로 이미 마음먹었기에 정중히 사양했습니다.

3.

그날 퇴근하는 길에 주유소 근처에 있는 생활 쓰레기 및 음식물 쓰레기를 수거하는 회사에 찾아갔습니다. 일하는 주유소에서 차로 3분 거리밖에 되지 않으니 찾아가기는 쉬웠습니다. 그런데 찾아가는 길이 수월했다는 것이 오히려 이 일은 그만큼 쉽지 않을 것이라는 복선이 깔려 있다는 것을 그 당시는 몰랐습니다.

일을 시작한 지 2주 동안은 거의 저녁밥을 먹지 못했습니다. 역겨운 냄새와 시각을 자극하는 쓰레기 파편들로 구역질이 올라왔습니다. 차 뒤에 매달려 후각과 시각을 자극하는 냄새를 피하려고 배영 자세로 자주 하늘을 바라보곤 했습니다. 또한 호흡기관은 항상 일정 수준 이상의 잠수를 유지하고 있었습니다.

그렇게 대구를 떠나며 도매시장 일보다 더 힘든 일은 경험하지 않을 것이라던 제 예상은 보기 좋게 빗나갔습니다.

4.

지금까지 경험했던 다른 일들이 그러했듯이 시간이 흐르면서 저는 어느 정도 적응하기 시작했고, 쓰레기에 대한 마음을 바꾸니 이제는 하루하루가 환상적인 날의 연속입니다. 물론 그 환상은 썩은 우유나 밀가루, 김칫국물을 뒤집어씀으로써 곧잘 현실로 저를 불러들였습니다. 그렇게 저를 둘러싼 환경이 조금도 바뀐 것이 없음을 자각하면서 냄새나는 쓰레기만큼의 부정성으로 제 의식 수준을 끌어내리기도 했습니다.

하지만 역설적이게도 그 부정성 안에서 끊임없이 긍정을 찾아 노력하는 저를 바라볼 수 있었습니다. 개인적으로 참 많이 성장했다는 생각이 들었습니다. 말이 나왔으니, 부끄러운 이야기를 하나 해야겠습니다. 아직 부모님은 제가 무슨 일을 하는지 구체적으로 알지 못하십니다. 자식이 쓰레기를 수거해서 번 돈으로 생활비를 보내드리고 있다면 두 분 마음이 무척이나 아프실 거라는 제 짧은 생각 때문입니다. 어쩌면 제 마음 안에 아직까지 "쓰레기 치우는 주제…"란 것에 대한 숨기고 싶은 욕망이 있는지도 모릅니다.

5.

"쓰레기 치우는 주제에…" 이 주제는 지금까지 제가 경험한 40여 가지가 넘는 일 중에 가장 큰 주제입니다. 말장난하자는 것이 아닙니다. 아직 제가 어리고 그만큼 경험이 부족하여 잘 우려내지 못할 뿐, 제 인생에서 가장 중요한 장면을 하나 꼽으라면 주저 없이 저는 지금 하는 이 일을 꼽을 수 있을 것 같습니다.

"이 일은 세상을 다시 배우는 일이야!"

지금 파트너로 함께 일하고 계신 71세 어르신이 제게 해주신 말이 떠오릅니다. 그분의 말씀처럼 저는 지금 쓰레기를 치우면서 세상을 다시 배우고 있습니다.

불국사와 석굴암

"이 군! 저기 저 토함산 위에 보이는 불빛이 석굴암이고, 그 아래 불빛이 불국사다."

새해 첫날, 사방이 어둠에 잠긴 세상에서 그 불빛은 아주 잠깐이었습니다. 불교에서 이야기하는 '찰나'라는 표현이 적당할 것 같습니다. 그만큼 짧은 순간이었지만, 제 눈에 들어온 빛의 파장은 이상하게도 사라지지 않고 계속 이어지고 있었습니다. 그 파장은 제 마음 한 구석을 찌르고 또 찔렀습니다. 왜 그랬을까요?

12월 27일 토요일 오전, 연말을 앞두고 경주 시내에 있는 모든 청소 용역업체들은 새로 입찰을 보는 일이 있었고, 우리 회사는 꽤 넓은 지역을 따냈습니다. 당연히 새로운 직원들이 여러 명 들어왔고, 2인 1조의 새로운 조가 편성되었습니다. 제 의지와는 상관없이 저는 기존의 생활 쓰레기 팀에서 음식물 쓰레기 팀으로 보직이 바뀌었습니다. 제가 새로 맡게 된 지역은 경주시 외곽의 불국사 지역으로 결정되었습니다. 새해인 1월 1일부터는 불국사 일대에서 일하게 되었습니다.

그렇게 해서 토함산 자락의 불국사와 석굴암 불빛을 처음 바라본 것은 오늘 새벽이었습니다. 토함산 아래 기념품 상가와 식당들이 자리 잡은 곳에서 5t 음식물 쓰레기차 옆에 매달려 바라본 불국사와 석굴암…. 불국사와 석굴암은 신라시대 김대성이란 인물이 지었다는 전설이 『삼국유사』에 나와 있습니다. 불국사는 현생의 부모님을 위해 짓고, 석굴암은 전생의 부모님을 위해 지은 것이란 이야기가 전해집니다.

1월 첫 주말, 새해를 맞아 저는 울산에 계신 부모님을 뵈러 갔습니다. 그런데 저는 울산의 집에 가기 전에 평소와 달리 병원에 갔다 왔습니다. 감기가 심하게 걸린 저를 보면 부모님이 걱정하실까봐 병원에 가서 주사를 맞고 약을 받아왔습니다. 워낙 건강한 체질이라 감기로 병원에 간 적은 거의 없었지만, 이번만큼은 주사를 맞고 약을 먹었습니다. 심했던 코맹맹이 소리가 확연히 좋아지는 것이 느껴졌습니다.

몸의 상태를 꽤 회복하고 울산의 집에 도착했는데, 정신적 상태는 최악이 되고 말았습니다. 파킨슨병을 오래 앓고 계신 아버지보다 어머니의 건강이 더 좋지 않아 보였습니다. 식사를 제대로 하지 못하셔서 몸무게가 채 40kg도 나가지 않으셨습니다. 한 달 만에 어머니를 본 제게는 너무 큰 충격이었습니다. 그리고 문자 그대로 마음이 아파 죽을 것 같았습니다(당시는 전혀 몰랐는데, 5개월 뒤인 5월에 어머니에게 뇌경색이 찾아오고 난 뒤 알게 되었습니다. 갑자기 온 당뇨로 살이 많이 빠지셨고, 계속 좋아 보이지 않았던 어머니의 건강은 뇌경색으로 이어졌습니다. 제가 당시 조금만 현명했다면 어머니가 뇌경색으로 시야를 상실하실 것을 충분히 막을 수 있었다는 자책감에 괴로웠습니다. 그 해 5월 어머니에게 뇌경색이 찾아오고 난 뒤에야 저는 이제 부모님 집으로 들어가 바로 곁에서 보살펴드려야겠다고 결심했습니다).

특별히 믿는 종교는 없지만, 불교재단의 중·고등학교를 6년 동안 다닌 저는 〈반야심경〉만큼은 의미 전체를 다 알지는 못하지만, 음은 모두 외우고 있습니다. 제 의식 깊숙이에서 문득 〈반야심경〉 구절의 하나인 '행심반야바라밀다시行深般若波羅密多時'가 떠올랐습니다. 아래는 지금 제가 처한 환경에 따른 제 나름대로의 해석입니다.

'바라밀다波羅密多'는 '건너가다'라는 뜻입니다. '시時'는 어제도 내일도 아닌 '지금'이라는 뜻입니다. '반야般若'는 간단하게 이야기해서 '지혜'라는 뜻입니다. '행심行深'은 지금 여기에서의 '깊은 행함'을 뜻합니다. 따라서 "지금 내가 불국사 아래에서 최선을 다해 사람들이 버린 음식물 쓰레기를 성심성의껏 치우는 행심을 하면 부모님의 건강 여부와 상관없이 이 모든 상황을 건너가는 지혜(반야)가 생기지 않을까?"라는 의미로 받아들입니다.

저는 그렇게 새해 첫날을 토함산의 불국사와 석굴암 불빛을 보며 시작했습니다. 제가 불국사와 석굴암을 지은 김대성처럼 우리 부모님의 건강을 위해 큰 절을 지을 수는 없습니다. 다만 지금 하루하루 사람들이 먹다버린 음식물 쓰레기를 치우면서 기도할 뿐입니다.

'새해에는 부모님의 건강이 조금이라도 좋아지셨으면….'

평생 고생만 하신 부모님을 생각하면 저는 마음이 너무 아파 이 기도를 멈출 수가 없습니다. 부처님이든 하느님이든 붙잡고 꼭 다짐을 받고 싶습니다.

"네가 무슨 일을 하는지 안다면 너는 복된 사람이다."

문득 성경 한 구절이 머릿속에 떠오릅니다. 이 말의 의미를 깨닫게 되는 한 해를 보내고 싶습니다.

어머니의 별

　토요일 아침 9~10시경 업무가 끝나고 회사 회식 중이었는데, 갑자기 제 핸드폰에 안과 병원비를 결제했다는 카드 알림 문자가 왔습니다. 놀란 저는 곧바로 울산에 계신 어머니에게 전화했습니다(어머니는 제가 드린 신용카드를 사용하셨습니다).

　저는 경주에서 야간에 일하는 용역업체 소속 환경미화원으로 있기에 회식은 곧잘 그 주의 일이 끝나는 토요일 아침에 했습니다. 수화기 너머 들리는 어머니의 이야기가 심상치 않았습니다. 자고 일어났는데 갑자기 눈앞이 깜깜해 아무것도 보이지 않는다고 말씀하셨습니다.

　저는 통화를 끝내자마자 집으로 가 여벌의 옷을 챙긴 후 부모님이 계신 울산으로 향했습니다. 차를 몰고 달려가는 내내 빠르게 달리는 차보다 걱정이 앞섰습니다. 집에 도착해서 부랴부랴 어머니를 모시고 울산대병원 응급실로 갔습니다.

응급실에서의 1차 진단은 뇌종양이 의심된다는 이야기였습니다. 저는 너무 놀랐고, 눈앞이 깜깜했습니다. 문득 담당 구역인 불국사 근처에서 일하던 중 하늘에서 반짝이는 별이 눈에 들어왔던 기억이 떠올랐습니다. 생각해보니 의미심장한 메시지였습니다. 응급실에 누워계신 어머니 옆에서 저는 간절히 기도하는 마음으로 짧은 시를 써내려갔습니다.

〈어머니의 별〉
이별, 작별, 사별, 고별
헤어짐의 의미엔
'별'이란 말이 들어갑니다.

사나흘 전, 새벽에 일을 하며
하늘의 별을 쳐다보다 문득
왜 헤어짐 뒤에는 '별'이란 말이
들어가는지 궁금해졌습니다.

어머니 뇌의 한 쪽에는 뇌경색이
다른 쪽에는 뇌종양이 의심되는
덩어리가 보인다고 합니다.
양쪽 뇌의 영향으로

두 눈이 희미하게 보이는 어머니를 생각하며

'별'의 의미를 되새김질합니다.

하늘의 별똥별이 떨어지면

소원을 빌라 합니다.

알퐁스 도데는 그 '별'을 천국으로 들어가는

영혼의 넋이라 했습니다.

어머니의 '별'이 하늘 어디에

걸려 있는지 알 수 없지만

이번에는 '별'이란 단어 앞에

어떤 단어도 붙일 수가 없네요.

처음으로

주말에 이틀 동안 응급실에 있던 어머니는 월요일 아침에 병실을 배정받았습니다. 다인실이 없어 하루에 10만원 조금 넘는 3인실로 옮겼습니다. 3인실이라 그런지 보호자가 있기에도 불편하지 않았습니다. 저는 간병인이자 보호자로서 어머니 곁에서 24시간을 함께 했습니다. 어릴 적 이후로 이렇게 24시간을 어머니와 함께 보낸 것이 처음이란 생각이 들었습니다.

문득 시가 떠올라 생각나는 대로 적었습니다. 응급실에서의 1차 진단은 뇌종양으로 나왔고, 영상의학과의 정확한 진단이 나오는 데는 시간이 걸렸습니다. 저는 기도하면서 결과를 초조하게 기다리고 있었습니다.

〈처음으로〉
처음으로 어머니의 소변을 받았습니다.

어머니가 이야기하십니다.

어렸을 적 저는 유명한 오줌싸개였다고.

처음으로 어머니 바로 옆에서 소리 없이 울었습니다.

양쪽 눈이 거의 보이지 않으시는 어머니는 눈치 채지 못하십니다.

어머니도 저를 키울 때 이렇게 소리 없이 많이 우셨겠지요.

처음으로 어머니가 탄 휠체어를 밀었습니다.

어머니 귀 뒤에서 재잘재잘 이야기를 하며 걸어갑니다.

어머니도 제가 탄 유모차를 이렇게 미셨겠지요.

처음으로 어머니의 손이 되어봅니다.

밥과 반찬을 먹여 드리며, 딱 한 숟가락만 더 먹자고 달래며 이야기합니다.

어렸을 적 밥을 먹지 않기 위해 도망 다녔던 저, 이젠 상황이 반대가 되었습니다.

처음으로 보호자가 되어봅니다.

의사 선생님이, 간호사 선생님이 '보호자분' 하고 저를 부릅니다.

이제는 제가 마지막 그 순간까지 보호자입니다.

처음으로 어머니의 발이 되어 봅니다.

이빨을 닦기 위해 함께 화장실로 가 치약을 꼭 짜드립니다.

어렸을 적 어머니는 잠자는 저를 깨우시고는 꼭 이를 닦고 자라고 하셨습니다.

전 지금 생애 처음 기억들을 쌓아가고 있지만,

어머니에게는 이 모든 것이 처음이 아니었습니다.

제가 어렸을 적 어머니가 베풀어주신 그 모든 것들을 38년이 지나서야 처음으로 해봅니다.

처음으로 세상의 빛을 보게 해주신 어머니

이제 그 빛을 되갚아야 할 때인가 봅니다.

처음으로 처음으로 간절히 기도드립니다.

이것이 마지막이 아닌 처음이었으면 합니다.

첫 번째 할 일은 화분에 물주기

1.

"엄마! 한석봉 알지? 그들처럼 이제 나는 노트북에 글을 쓸 테니, 엄마는 하느님께 기도해라! 그리고 이게 다 내 잘못이다!"

"이게 왜 니 잘못이고? 니가 고생을 얼마나 했는데, 다 엄마 잘못이지…."

"내가 이야깃거리가 떨어질까 봐 하느님이 또 다른 이야깃거리를 주시려나 보다…."

그러면서 저는 생각했습니다. 원래 드라마도 시청률을 높이려면 부모님이 갑자기 쓰러져 아파야 하는데…. 그것도 불치병이면 더 좋고….

'제기랄! 이런 이야깃거리는 안 주셔도 되는데….'

2.

어머니와 저의 간절한 기도가 이루어졌습니다. 어머니의 뇌 한쪽 부분에 종양으로 의심되던 병변이 다행히도 뇌경색이 지나간 자리였습니다.

하지만 양쪽 뇌의 시신경을 담당하는 부분이 뇌경색의 영향으로 많이 소실되거나 복구불능의 상태가 되었습니다. 병원에서 추정하기에 한쪽 뇌의 뇌경색은 약 1~2년 전에 약하게 지나갔는데 어머니는 아무런 인지를 못하셨고, 이번의 급성 뇌경색은 골든타임을 놓치게 되어 결국 두 눈의 시력과 시야를 회복하기가 힘들겠다고 이야기했습니다.

뇌종양이 아니라는 것만으로도 천만다행으로 생각되었는데, 이번의 급성 뇌경색으로 두 눈의 시력과 시야를 회복하기 힘들겠다는 이야기 역시 만만치 않은 이야기였습니다(문득 처음에 루게릭병으로 잘못 알았던 아버지의 파킨슨병이 떠올랐습니다).

3.

처음에는 화가 났습니다. 이윽고 짜증이 났습니다. 해도 해도 너무한다 싶었습니다. 그리고 곧 알게 되었습니다. 생각이라는 것은 계속 지나간다는 것을…. 어디서부터 어떻게 생각해야 하는지 도무지 갈피를 잡지 못했습니다.

생각의 끝까지 가봤습니다. 의식 수준이 마이너스까지 떨어졌습니다. 아무것도 모른 채 병실 침대에 누워계신 어머니를 보니 가슴이 아파 죽을 것 같았습니다. 정신줄을 놓고 병원을 서성이다 이런 문구가 적혀 있는 것을 보았습니다.

〈희망이란〉

희망이란 본래 있다고도 할 수 없고, 없다고도 할 수 없다. 그것은 마치 땅 위의 길과 같은 것이다. 본래 땅 위에는 길이 없었다. 한 사람이 먼저 가고 걸어가는 사람이 많아지면 그것이 곧 길이 되는 것이다.

– 루신,『고향』중에서

어머니가 누워계신 병실 근처에는 병원 내 작은 도서관이 있습니다. 문득『심청전』이 읽고 싶었습니다. 방금 전에 본 글귀인 '희망'을 찾고 싶었습니다.

"혹시『심청전』없나요? 제가 공양미 300석이 꼭 필요하거든요! 우리 어머니가 지금 눈이 멀게 되셨는데, 제가『심청전』을 꼭 읽어야 하는데….."

도서관의 자원봉사자분은 이런 이야기를 하는 저를 안쓰럽기도 하고, 이상하기도 하다는 듯한 표정으로 바라보셨습니다.

4.

제 앞에 닥친 현실이 답답해서 미칠 것만 같았습니다. 주변

지인들에게 미친 듯이 전화를 했습니다. 제가 지금껏 얼마나 고생하며 열심히 살아왔는지 잘 알고 계시는 분들이었기에 저는 따지듯이 물었습니다.

"이건 하늘이 해도 해도 너무해! 내가 얼마나 열심히 살았는데…."

도매시장에서 함께 일했던 친한 형은 제 이야기를 듣자마자 저를 위로하며 자기가 가슴이 답답해 미칠 지경이라며 말했습니다.

"신이 형진이 너를 계속 밟아 버리네. 올라오면 밟고, 또 밟고…. 이래도 너 또 올라올래 하며 계속 장난질 치는 것 같네!"

그 형과 통화가 끝나고, 문득 시시포스(그리스 신화에 나오는 코린토스의 왕으로, 정상에 도착하면 굴러 떨어지는 돌을 다시 정상에 올려놓아야 하는 영원한 형벌을 받은 인간) 이야기가 떠올랐습니다.

5.

극적인 것은 뇌경색으로 병명이 판명되었을 때, 제가 몰랐지만 어머니가 뇌경색에 관한 보험 두 개를 들어놓았다는 사실을 알게 되어 그나마 다행이라는 생각이 들었습니다. 그런데 하필이면 두 보험 모두 얼마 전에 해약되었습니다. 수화기 저편에서 들려오는 두 군데 보험회사의 상담원 말이 제 귓가에 울리는 순간은 정말 최악이었습니다. 심지어 어머니는 본인이 무슨 보험을 해약하신지도 모르고 계셨습니다. 나중에 자신의 잘못을 알고 심한 자책을 하셨습니다. 결국 수년을 넣어온 보험의 혜택도 물거품이 되어버리고, 저는 다시 맨땅에 헤딩을 해야 한다는 생각에 앞이 깜깜했습니다.

6.

'파킨슨병을 10년째 앓고 계신 아버지, 두 눈이 거의 보이지 않게 되신 어머니, 여윳돈이 전혀 없는 경제 상황….'

저는 눈앞에 닥친 현실 앞에서 이제 정신을 바짝 차리고 냉엄한 현실을 직시해야 했습니다. 경주에 있는 제 살림과 울산에 있는 부모님 살림을 합해야 하는데, 울산의 부모님 댁으로 들어가는 것이 여러 가지 면에서 현명했습니다. 다만 앞으로 어떤 일을 하며 부모님을 보살펴야 하는지에 관한 문제가 남았습니다.

그런데 이것도 제가 지금껏 살아온 삶의 패턴으로 봐서 그리 걱정할 문제는 아니었습니다. 어차피 지금 경주에서 하고 있는 용역업체 환경미화원이나 예전에 대구에서 했던 도매시장 일처럼 힘든 일은 울산에도 역시 많을 테고, 일자리를 구하기는 쉬울 것이며, 무엇보다 그럴수록 더 독해져서 바짝 독기 오른 채로 살아갈 것이니…. 스스로를 다독이면서 위로했습니다.

하지만 아무리 마음을 다잡아도 어머니의 시야 상실이란 청천벽력 같은 현실 앞에 그동안 꿋꿋하게 서 있던 저의 두 다리에 힘이 풀리면서 빈 자루처럼 털썩 주저앉았습니다. 보리스 시릴니크가 쓴 『불행의 놀라운 치유력』이란 책이 아주 마음에 들어 세 번이나 읽었는데, 결국 그 책처럼 되려나….

이런저런 생각에 갈피를 못 잡고 가슴은 더 답답해졌습니다. 바람을 쐬러 당장 병원 밖으로 나가고도 싶고, 차를 몰고 조용히 떠나고도 싶은데…. 어머니는 소변이 마렵다고 또 저를 찾고 계십니다.

7.

"엄마 눈이 회복되는 데는 많은 시간이 걸릴 줄도 모른다네…."

애써 희망으로 포장한 제 말에 어머니의 첫 번째 대답이 걸작이셨습니다. 제 가슴이 타들어가는 절박한 그 시간에 어머니는 자신이 키우는 화분들을 걱정하고 계셨습니다.

"이번 금요일은 화분에 물주는 날인데…, 이제 화분 다 버려야 되겠네."

"지금 화분이 문제가, 엄마 눈이 심각한데! 화분 아무나 줘라!"

"아무나 주면 안 된다. 아무나 줬다가 꽃들 죽으면 어떡하노!"

이런 심각한 상황에서 화분 걱정을 하시는 어머니를 보면서 어이가 없었지만, 한편으로는 이런 어머니의 모습이 너무 사랑스러웠습니다. 저는 어머니를 안심시키는 모범답안을 대답해드렸습니다.

"엄마 눈 좋아지기 전까지 내가 화분 키울게!"

물론 저는 지금껏 우리 집 화분에 물을 준 적이 한 번도 없었습니다. 화분이 몇 개인지, 무슨 꽃인지도 자세히 본 적이 없습니다.

그나마 다행인 것은 퇴원하게 되면 눈이 불편한 어머니를 위해 가장 먼저 해야 할 일이 무엇인지 알게 되었습니다. 저는 화분에 있는 꽃을 죽이는 아무나가 되지 않아야겠다고 다짐했습니다.

어머니의 눈으로

"'짐은 곧 국가다!' 루이 14세인가 프랑스 왕이 이런 말을 했제? 나한테 우리 아들은 루이 14세하고 똑같았다."

갑작스러운 어머니의 말씀에 저는 무척 놀랐습니다.

"니 말이 나한테는 법이었다. 내가 니 눈치를 얼마나 많이 봤는지…. 남편이 벌어준 돈하고, 아들이 벌어준 돈은 하늘과 땅 차이보다 더 크더라. 내가 돈이 많았으면 니 눈치 안 보고 니가 내 눈치 봤을 텐데…."

이러면 안 된다는 것을 알면서도 또 불뚝하는 제 성질이 올라왔습니다.

"어릴 때도 엄마 눈치 하나도 안 보고 내가 하고 싶은 것 다 했는데…."

"그래, 니 말이 맞네. 고기반찬 없으면 밥도 안 먹고, 과자봉지 조금이라도 잘못 찢어지면 울고불고, 업어주거나 안아서 흔

들어 주지 않으면 잠도 안 자고…. 젖도 겨우 젖꼭지에 똥을 발라 놓으니 그때부터 안 먹더라. 젖에 약 발라 놓아도 닦아서 먹고, 도깨비 그려 놓아도 본체만체하고….”

어머니가 한 번에 두세 개씩 맞던 링거를 이제 맞지 않으셔서 활동에 제약이 조금 덜해졌습니다. 그래서 저는 어머니의 손을 잡고 100m나 되어 보이는 긴 병원 복도를 왔다 갔다 운동하며 이런저런 이야기를 나눴습니다.

“아들아! 이제 우리 친해졌나?”

“엄마하고 나하고 친하잖아!”

어머니가 저를 이렇게나 어렵게 생각하고 계실 줄은 몰랐습니다.

“니는 내가 무슨 말만 하면 퉁명스럽게 대답하고, 어떤 때는 대답도 안 하고….”

“그럼 우린 뭐고?”

저도 모르게 다시 퉁명스러운 대답이 나왔습니다.

“내가 니를 사랑하잖아. 우리 아들 훌륭하게 키우고 싶었는데, 이렇게 고생만 시키고…. 내가 옛날에 생각을 잘못했다. 니 아버지랑 만날 때 큰언니가 부산에 돈 많은 의사한테 시집가라 했는데, 니는 언니가 돌봐준다고…. 그 의사 부인이 암으로 죽고, 세 살짜리 딸 아이 하나 있다고 했는데, 도저히 니 떼놓고는 못가겠더라! 지금은 후회막심이다. 그때 갔으면 니를 이래 고생시키지도 않고, 원하는 것 뒷바라지 다 해줄 수 있었을 텐데….
어릴 때 아침에 옷 깨끗하게 입히면 다른 동네 애들은 나무도
타고 옷에 흙도 묻고 해서 지저분해져 있는데, 니는 밤이 되어
도 흙 하나 묻히지 않고 깨끗하게 있었는데…. 지금은 고생만
하네."

이 이야기는 제가 처음 듣는 이야기였습니다. 어머니의 회한
이 서린 목소리에서 제게 미안해하는 마음을 고스란히 느낄 수
있었습니다.

"니 이건 기억나나? 테니스장에 외삼촌들이랑 같이 갔는데,
어떤 분이 니가 하도 말도 잘하고 똑똑한 것 같아서 아버지 이름
을 물었는데, 니가 뭐라 대답한 줄 아나?"

저는 예전에 이 이야기는 들은 적이 있었지만, 일부로 모른
척 했습니다. 과거를 회상하는 어머니의 기분에 힘을 드리고 싶
었습니다.

"아니, 내가 뭐라고 했는데?"

"'도둑놈!'이라고 했다."

어머니 말씀에 따르면, 당시 외삼촌들은 얼굴이 화끈거리고
너무 부끄러워 고개를 들지 못했다고 합니다. 유부남인 아버지
와 처녀인 어머니 사이가 몹시 못마땅했던 외삼촌들에게 둘 사
이에 태어난 저는 좋은 장난감이었고, 그렇게 분풀이하는 것도
모자랐는지 외삼촌들은 드러내놓고 아버지를 '도둑놈'이라 불렀

습니다. 그런데 이 사건 이후 외삼촌들은 제 앞에서 아버지에 관한 말을 조심했다고 합니다. 저는 이런 대답을 한 기억이 전혀 나지 않았지만, 당시 어렸던 저는 아버지의 이름이 도둑놈인 줄 알고 있었나 봅니다.

사실 저는 군 제대 후 지금껏 집에 생활비를 꼬박꼬박 보내는 것을 인생 최고의 화두로 삼고 살아왔습니다. 그래서 심할 때는 하루에 서너 가지 일을 하는 것도 마다하지 않았습니다. 제 모든 에너지를 돈 버는 데에만 집중했었기에, 저도 모르는 사이에 그 스트레스를 어머니에게 풀었고, 어머니는 일방적으로 얻어맞아야만 하는 스파링 상대였습니다. 지금 양쪽 뇌에 뇌경색이 찾아온 어머니, 모두 제가 유달리 어머니에게 못되게 해서 그렇게 되었는지도 모른다는 생각이 들었습니다.

그런데 어머니와의 대화에서 제 인생의 방향이 잘못되었다는 것을 뒤늦게나마 알게 되었습니다. 저의 눈과 어머니의 눈은 다른 방향을 바라보고 있었습니다. 앞으론 제가 어머니의 눈이 되어 드려야 하기에 같은 방향을 바라보아야 한다는 것을 알게 되었습니다. 때론 세상의 많은 것들이 이렇게 막상 일이 벌어지고 난 뒤에야 뒤늦게 깨닫게 되는 것 같습니다.

지금으로서는 어머니의 양쪽 눈이 의학적으로 회복할 가능성이 크지 않다고 담당 교수님은 말씀하십니다. 아마도 정상적인 생활이 되지 않을 것 같으니 조심스럽게 요양원을 권유하셨습니다. 하지만 저는 끝까지 어머니와 함께할 마음입니다. 어머니의 두 눈이 제 얼굴을 잘 알아보지 못하는 지금 이 순간에야 저는 어머니의 눈으로 바라본 저를 하나둘씩 깨닫고 있습니다.

고양이의 눈

⟨고양이의 눈⟩

새벽에 일을 하다

고양이의 눈을 보았다네.

어느 날 밤 골목에서 고양이의 눈과 정면으로 마주해 보았다네.

어둠을 비춘 내 머리 위 플래시 불빛에 반사되어 온 고양이의 눈

어둠 속에서 음식물 쓰레기를 수거하는 나

그 순간만큼은 고양이에게 가장 큰 적

처음에 나는 전혀 몰랐다네.

내가 그들의 가장 큰 적이란 사실을

난 단지 고양이를 만나면 겁을 주며
그들을 내쫓기에 바빴다네.

그런데 고양이의 눈을 바라본 어느 날 밤
난 알게 되었다네.

굶주린 고양이의 눈이,
새벽에 마주친 고양이의 눈이
왜 그리 두렵고 무서웠는지

그 두려움과 무서움은
고양이의 것만이 아니었네.
굶주린 동물의 당연한 반응이었네.

난 이제부터 그들을 부를 때
곧잘 따라오곤 하는 '도둑'이라는
단어를 쓰지 않기로 결심했네.

굶주린 동물이 먹이를 찾는 것은,
굶주린 어미가 새끼를 위하는 것은
신의 공식인 자연의 이치이기에.

뇌경색으로 입원하신 어머니의 눈에 할 수 있는 여러 가지 검사와 치료를 해봤지만, 더 이상의 진전을 기대하기가 어려웠습니다. 담당 교수님은 퇴원을 권하면서 보호자인 저에게 조심스럽게 어머니를 요양원에 보낼 것을 권유하셨지만, 그렇게 하기는 싫었습니다.

지금 어머니의 양쪽 눈은 큰 진전 없이 약간의 빛만을 인지하는 수준입니다. 이제 제 어깨는 더 무거워졌습니다. 10여 년째 파킨슨병을 앓고 계신 아버지와 더불어 어머니까지 함께 보살펴드려야 합니다.

어머니가 퇴원한 며칠 후, 제가 얼마 전 어머니의 간호를 위해 퇴직한 회사에서 급한 연락이 왔습니다. 저 대신에 입사하신 분이 갑자기 출근하지 않아 다시 사람을 구하기 전까지 며칠 동안만 일을 해달라는 내용이었습니다. 1년 2개월간 일했던 회사였기에 회사에 새로 들어오는 분들의 이직률이 높다는 것을 잘 알고 있었습니다. 냄새도 심하게 나고, 육체적으로 힘든 일이기에 처음에는 견디기가 힘들어 금세 그만두는 분이 많았습니다.

회사가 위치한 경주와 지금 사는 울산의 거리 때문에 고민했지만, 잠시 일하기로 했습니다. 무엇보다 부모님이 잠들어 계신 밤에 하는 일이라 낮에는 부모님을 돌볼 수 있기에 심적인 부담은 덜했습니다.

그런데 제가 하루 일한 뒤 바로 일할 분이 구해졌고, 그날이 그곳에서의 마지막 날이 되었습니다. 처음에는 그날이 마지막일 줄 전혀 예상하지 못했지만, 돌이켜보니 그날은 제게 완벽한 마지막 날이었습니다.

오랜만에 자정부터 동틀 녘까지 일하면서 느낀 것이 많았는데, 특히 어머니의 눈 때문인지 고양이의 눈을 유심히 바라보았습니다. 예전에도 생활 쓰레기, 재활용품, 음식물 쓰레기를 수거하는 동안 제가 새벽에 만난 생물체는 사람보다 고양이가 더 많았습니다. 한 쪽 눈을 실명한 고양이, 꼬리가 잘린 고양이, 절름발이 고양이, 털이 듬성듬성 빠진 고양이, 어미를 잃은 새끼고양이, 그리고 안타깝게도 도로변이나 골목에 변사체가 되어버린 고양이…. 이들 모든 고양이의 공통점은 굶주린 고양이들이었습니다.

그날 저는 이 고양이들에 대해 이해하기 시작했습니다. 일을 하다가 막다른 골목에서 고양이 한 마리와 1:1로 마주쳤을 때, 문득 고양이의 눈과 마주보게 되었습니다. 그 순간 고양이의 눈은 섬뜩하여 무섭고 두려웠지만, 그것은 고양이의 감정이 아닌 제 감정임을 깨달았습니다. 그리고 그 눈을 마주본 순간 고양이의 삶을 이해할 수 있다는 착각이 들었습니다.

어둠 속에서 마주한 고양이의 눈이 제 눈과 많이 닮아있는 것 같았습니다. 지나온 제 삶 역시도 버려진 고양이처럼 두려움 속에 산 날이 많았습니다. 문득 '공명', '공감'이라는 단어가 떠오르며, 하루도 거르지 않고 밤마다 일하며 마주한 고양이들에게 미안한 감정이 들었습니다. 제가 지금 살기 위해서 또 부모님을 보살피기 위해서 이렇게 일하는 것처럼, 고양이들도 단지 살기 위해서 또 새끼를 보살피기 위해서 최선을 다하고 있었습니다. 그동안 그런 고양이들을 이해하지 못했기에 적대시하고 겁을 주며 쫓아내기 바빴던 것입니다.

그날 집으로 돌아왔을 때까지도 일하며 마주한 고양이 눈의 잔상이 뚜렷이 남아 인터넷에서 눈에 관한 이야기들을 찾았습니다. 눈과 생존에 관한 이야기들이 많았습니다. 고양이를 비롯한 육식동물의 눈은 정면에 있는데, 그 이유는 그들의 50도 되는 좁은 시야는 먹이가 움직이는 방향과 거리를 재빨리 판단할 수 있도록 진화한 것입니다. 반대로, 머리 양쪽에 있는 초식동물 눈의 각도가 180도나 되는 것은 한가로이 풀을 뜯는 순간에도 위험을 느낄 수 있도록 넓은 시야를 가지게 되었다고 합니다. 자연에서 눈의 가장 중요한 역할은 생존(번식)이라는 두 단어로 귀결되었습니다.

눈과 생존에 관한 이야기를 찾다가 문득 이런 생각이 들었습니다. 저 역시도 지나온 삶에서 생존에 관한 문제에만 관심을 가졌기에 오늘 마주한 고양이의 눈과 다를 바 없다는 생각이 들었습니다. 그날 본 고양이의 눈과 마주하면서 마치 저의 눈을 보는 것 같아 마음이 저려왔습니다.

가슴 아프게도 어머니의 양쪽 눈이 어두워진 지금에야 제가 어떤 눈을 하고 살았는지 깨닫게 되었습니다. 앞으로의 제 삶이 단지 생존을 위한 눈이 아닌, 좀 더 따뜻한 눈으로 세상을 보고 살았으면 합니다. 몸이 불편한 부모님과 함께할 앞으로의 삶을 지혜롭게 헤쳐 나갈 밝은 눈을 얻었으면 합니다.

어머니의 시야는 60도

1.

처음에는 눈에 보이는 것만 믿었습니다. 나중에 알게 되었습니다. 제가 본 것은 단지 뇌가 해석하고 있는 착각이라는 것을…. 그리고 이제 조금은 알 것 같습니다. 눈 이전에, 뇌 이전에 더 중요한 것이 마음이라는 단순한 진리를 어머니의 눈 덕분에 뒤늦게 깨달았습니다.

2.

"선생님, 저의 어머니 시야가 1에서 10을 기준으로 어느 정도 확보가 되는지요?"

담당 의사 선생님은 저와 컴퓨터 모니터 화면을 번갈아 보시며 대답해 주셨습니다.

"그렇게 이해하지 마시고, 이 모니터 화면을 보세요. 보시다시피 60도 정도 시야를 보실 수 있습니다."

의사 선생님이 보여주시는 컴퓨터 화면에는 한 쪽 부분에만 검은 점이 집중적으로 찍혀 있었습니다. 한눈에 봐도 정상적인 시야가 아님은 물론, 시야의 폭이 아주 좁다는 것을 알 수 있었습니다. 문득 학창 시절 배웠던 함수 그래프가 떠올랐습니다. 가로인 x축과 세로인 y축을 기준으로 하면 3사분면 바로 아래쪽 부분에만 점이 찍혀져 있었습니다.

3.

컴퓨터 화면이 나타내고 있는 것처럼 어머니의 시야는 나머지 1, 2, 4사분면에서 나오는 빛은 전혀 감지하지를 못했습니다. 뒤늦은 후회가 밀려오기 시작했습니다. 그동안 이해되지 않았던 어머니의 눈 상태를 제대로 알게 되었습니다. 모든 것들이 이해되기 시작하면서 가슴 전체가 지진이 난 것처럼 요동치기 시작했습니다.

앞에 컵이 있다는 것은 아셨지만 바로 위의 컵은 왜 보지 못하셨는지, 김치냉장고의 채소가 왜 그리 썩어갔는지, 냉장고에 있는 반찬을 왜 그리 찾지 못하셨는지…. 주방 일을 조금만 하셔도 주방은 엉망일 때가 많았습니다. 물론 어머니는 최선을 다해 치우셨지만, 저는 걸핏하면 화를 내기 일쑤였습니다. 현실을 있는 그대로 받아들이기가 싫었는지, 제가 아는 어머니의 모습이 아니었습니다.

"아들아, 지금 밖은 환하지? 의사 선생님이 쥐똥만큼 좋아진다는데, 엄만 왜 이리 캄캄한지…. 언제쯤 이 눈이 다시 밝아올까?"

어머니의 말씀에 너무 괴로워 저는 아무런 대답을 할 수 없었습니다. 눈물을 감추려고 고개를 들었을 때 무심하게 홀로 빛나는 형광등 불빛이 눈에 들어왔습니다. 실내는 그것 하나로 충만합니다.

지금 어머니가 볼 수 있는 눈의 시야는 단지 60도 정도밖에 되지 않습니다. 이것이 의미하는 것은 도대체 무엇일까요? 저는 고민을 거듭하다가 억지로 찾아낸 답이 하나 있습니다.

'그래, 내가 볼 수 있는 세상을 더 넓고 깊게 만들어 주시기 위해서 어머니는 스스로 두 눈의 시야를 버린 것일지도 몰라….'

이렇게 제 안에서 한 뼘 더 성장해가는 것 같습니다. 문득 이언 스튜어트가 쓴 『생명의 수학』이란 책에서 읽은 망원경과 현미경에 관한 내용을 떠올렸습니다.

망원경과 현미경, 이 두 기구는 각각 넓은 우주와 작디작은 세계를 볼 수 있게 합니다. 두 기구가 발명되기 전에 우리가 바라볼 수 있는 세계의 폭은 좁고 협소했습니다. 누구나 그렇듯이 우리의 두 눈은 우리가 바라보는 척도에서 세상을 바라봅니다. 그 이상은 물론 그 이하의 세계도 스스로 깨닫기가 힘이 듭니다.

현미경은 세상이 보이는 것과는 사뭇 다르다는 것을 알려줬습니다. 망원경은 크고 먼 우주를 바로 우리 눈앞에서 볼 수 있게 해줬습니다. 현미경은 생명의 복잡성을, 망원경은 우주의 단순성을 보여줬습니다.

어머니가 바라볼 수 있는 시야의 범위가 60도밖에 되지 않는다는 것을 알게 되었을 때, 역설적이게도 조금씩 성장해가는 제 모습을 바라볼 수 있었습니다. 어머니가 잃은 시야 덕분에 제 안에 잠재되어 있던 현미경과 망원경이 나오는 것 같았습니다.

신부수업

'아, 지금 내가 신부수업을 받는 중이구나!'

어머니가 퇴원하신 후부터 계속 요리를 하고 있는 저는 현실을 받아들여 지금 신부수업을 받고 있다고 생각합니다. 물론 요리라고 하기에는 무척이나 부끄럽습니다. 홀로 자취생활을 한 경력이 15년이 넘지만, 그때는 라면 이외의 음식을 해본 적이 없었습니다. 그것도 단 하나 갖추고 있던 휴대용 가스레인지에 끓일 정도로 요리 자체에 관심이 없었습니다.

그래서 제가 부모님을 위해 차린 음식들은 매우 간단합니다. 하나같이 전자레인지에 간편하게 데우면 되는 음식들입니다. 홈쇼핑에서 산 비프스테이크와 훈제오리, 프라이팬에 구우면 되는 햄, 달걀, 갈치, 고등어 등이 식사의 주요 재료입니다. 물론 그 중간에 한 번도 끓여본 적이 없었던 된장찌개, 미역국, 어묵탕, 콩나물국, 김칫국 등 비교적 쉬운 국이나 찌개를 끓이고 있습니다.

한 번도 해본 적이 없는 요리였기에 어머니께 배우며 조금씩
실력이 늘고 있습니다. 오늘은 부대찌개 비슷한 것에 도전해 봤
는데, 제가 끓이고도 너무 맛있기에 어머니께 한마디 했습니다.

"이야~ 엄마 이것 드시면 눈이 번쩍 뜨일지도 모르겠다!"

어머니의 입맛이 지금은 조금 돌아왔지만, 얼마 전까지만 해
도 식사를 제대로 하지 못하셔서 병원에 가서 수액을 맞곤 했습
니다. 서투른 솜씨의 제가 매일 내놓는 비슷한 음식들에 제대로
간까지도 맞추지 못했기에 어머니의 입맛을 다시 살리는 것은
참 힘이 듭니다. 주변에 있는 소문난 음식점이나 분식점에서 살
수 있는 음식들을 사서도 드려 보았지만, 40kg 밖에 나가지 않
는 어머니의 몸무게를 더 늘릴 수는 없었습니다.

어머니에게 뇌경색이 찾아오고, 그로 인해 두 눈의 시야를 거
의 상실하게 되면서 저는 신을 무지무지 원망했습니다. 어머니
의 눈이 먼 만큼 제 두 눈도 함께 멀었습니다. 이런 제 무지의 화
살표는 당연히 하늘로 향했습니다.

그런데 오늘 문득 '아, 지금 내가 신부수업을 받는 중이구나!'
하는 조금은 엉뚱한 생각이 들었습니다. 저는 신이 나서 어머니
께 설명했습니다.

"엄마, 지금 내가 신부수업을 받고 있네! 엄마한테 요리 배우
면서 엄마의 조리법을 배우게 되고, 천주교의 신부님처럼 하느

님에 대한 신부수업도 받고 있고….”

어머니는 저의 두 번째 이야기에 약간 당황해하셨지만, 이내 살며시 미소를 띠셨습니다.

저는 그동안 단 한 번도 요리에 대해 깊이 생각해본 적 없습니다. 마찬가지로, 신에 대해서도 깊이 생각해본 적이 없습니다. 그런데 파킨슨병으로 몸이 불편한 아버지와 뇌경색으로 두 눈이 고장난 어머니 덕분에 처음으로 요리와 신에 대해 함께 생각하면서 두 가지 수업을 동시에 받고 있습니다. 이른 바 나만의 신부수업입니다.

어머니가 퇴원하시고 난 뒤부터 부모님의 식사를 매번 차려 드리고 있습니다. 그런데 가끔은 부모님이 식사하시는 모습을 바라보면서 저도 모르게 화와 짜증이 폭풍처럼 밀려와 저를 당황케 합니다. 두 분이 식사하시는 식탁 위와 아래에는 많은 음식물이 떨어져 흩어져 있습니다. 시력을 잃은 현실에 아직 적응하지 못하시는 어머니와 파킨슨병 특유의 떨림으로 젓가락질이 잘 안 되는 아버지! 도대체 이게 뭐냐 싶었습니다. 그 모습을 바라보는데 아무리 참으려 해도 쉽게 진정이 되지 않습니다.

시간이 약이라는 말이 있듯이, 이제는 현실을 조금씩 이해하고 받아들이고 있습니다. 하지만 순간순간 하느님이 많이 원망스러웠습니다. 매일 일을 나가야 하는 제가 두 분의 세 끼를 정성스럽게 차려 드리기가 쉽지 않습니다. 오늘도 일용할 양식을 주셔서 감사하다는 성경 구절이 저절로 이해되었습니다.

어머니의 병이 발병한 지 정확히 60일째입니다. 분노, 화, 짜증, 기쁨, 감사…. 여러 감정이 너무나 많이 올라왔기에 그동안 하느님과 저 둘만 나눈 이야기들이 많이 있습니다. 덕분에 하늘을 향했던 화살표의 방향이 바뀌었습니다. 제 삶의 '간'을 맞추기가 쉽지만은 않았지만, 제 안에서 삶의 질문들을 찾아야만 합니다. 저는 답에는 관심이 없고, 단지 질문에만 관심이 있습니다. 그나마 다행인 것은 음식의 '간'은 조금씩 맞춰지고 있는 것 같습니다.

요리도 해야 하고, 하느님에게 요리조리 물어도 봐야 하니 신부가 되는 길이 쉽지만은 않습니다. 신부수업을 하며 소박한 꿈이 하나 생겼습니다. 예수님이 행하셨던 기적처럼, 언젠가 어머니도 제가 만든 음식을 드시고 눈이 번쩍 뜨는 날이 왔으면 합니다.

홈인, 첫 득점을 하다

1.

"내 없는 동안 아버지는 엄마 때리지 마시고, 엄마는 아버지 밟지 마래이!"

제가 일이 있어 집을 하루 비울 때면 준비할 것이 참 많습니다. 10여 년째 만성 진행성 신경질환, 즉 파킨슨병을 앓고 계신 아버지는 약물에 의한 부작용으로 악몽을 자주 꾸시곤 합니다. 다행히 얼마 전 꿈(뇌)에 영향을 미치는 약 성분을 바꾸고 난 뒤부터는 악몽이 잦아든 것 같습니다.

그럼에도 가끔 악몽을 꾸시곤 하는데, 며칠 전에는 악몽을 꾸셨는지 잠을 자는 상태에서 몸부림을 치시며 양쪽 팔을 마구 휘두르셨습니다. 하필이면 옆에서 같이 주무시던 어머니가 아버지 팔에 맞으셨습니다. 어쩔 수 없이 아버지는 어머니에게 폭력을 행사한 가해자가 되셨습니다. 다음날 아침 어머니는 제게 소송을 제기하셨고, 제 결론은 정당방위였습니다.

어머니도 며칠 전 밤에 화장실에 가기 위해 일어나셨다가 눈이 잘 보이지 않으시기에 아버지의 다리를 밟고 지나가셨다는 진술을 아버지에게 들었습니다. 이 사건은 쌍방 합의로 좋게 기각되었습니다.

2.

오후부터 다음날까지 일이 있어 집을 하루 비워야 하기에 몸이 불편한 부모님의 세 끼 식사와 간식을 준비해 놓아야 합니다. 글로는 몇 글자 되지 않지만, 이 안에는 제가 해야 할 많은 것이 숨겨져 있습니다. 아버지와 어머니가 즐겨 드시는 음식이 달라서 각기 다른 종류를 준비해야 하며, 특히 갑자기 시각을 상실하신 어머니는 한 번만 드시면 곧잘 음식에 질려 하시기에 더 세심한 준비가 필요합니다.

3.

어머니가 퇴원하신 후에 집 안에 있는 화분 11개는 순전히 제 몫이 되었습니다. 매주 수요일은 8개의 화분에 물을 주는 날입니다. 그런데 깜빡해 목요일인 오늘 물을 주었습니다. 나머지 3개는 보름에 한 번 물을 주는 난(蘭) 2개와 이름은 잘 모르지만 한 달에 한 번만 물을 줘도 되는 식물입니다.

어떤 영화인지 드라마인지 잘 기억이 나지 않지만, 유독 한 장면이 제 뇌리에 깊숙이 박혀 있습니다. 주인공이 몸이 아플 때는 돌보던 꽃들이 시들어 있었는데, 주인공이 건강을 회복할수록 꽃들에 생기가 돌아오는 장면입니다. 어머니가 오랫동안 공들여 키우신 화분이기에, 또 그 장면들이 오버랩되기도 해서 화분을 다른 사람에게 줘도 된다는 어머니의 말씀에도 저는 화분만큼은 포기하고 싶지 않았습니다.

4.

그러고 보니 그동안 군 제대 후 줄곧 부모님의 끼니와 간식을 위한 돈을 보내드렸을 뿐, 직접 차려드린 적은 한 번도 없습니다. 게다가 집은 한 달에 한 번 들르는 경유지였고, 종점이라는 생각을 해본 적은 결코 없습니다.

그런데 이제는 그 두 가지를 오롯이 제가 같이 감당하고 있습니다. 그 때문에 부모님은 많이 미안해하십니다.

"여태껏 부모 먹여 살린다고 고생시키고, 말년에는 몸까지 아파서 또 고생시키고⋯."

5.

화장실로 옮긴 화분에 물을 주고 있는데, 아버지의 목소리가 등 뒤에서 들립니다.

"식물도 잎끼리 같이 붙어 있으면 스트레스를 받는다고 하더라."

좁은 공간이다 보니 두 화분이 너무 붙어 식물의 잎이 서로 겹쳐 있습니다. 즉시 두 화분의 간격을 넓혔습니다.

아버지의 말씀은 제게 긴 여운을 남겼습니다. 꼭 지금 우리 가족의 상황, 즉 너무나 오랫동안 떨어져 살았지만 이제 다시 꼭 붙어 살게 된 부모님과 저의 이야기 같았습니다.

6.

어머니가 퇴원하신 후 처음에는 집안 살림을 전적으로 제가 맡아 했는데, 얼마 전부터 어머니가 조금씩 도와주십니다. 그런데 문제는 너무 딱 달라붙어 스트레스를 받는 화분의 식물처럼 저로 인한 어머니의 스트레스가 심하셨습니다.

"아~ 내가 한다니까, 엄마가 설거지하면 깨끗하게 안 되니 그냥 내가 할게! 지금 도와주는 게 아니고 방해만 되니 그냥 식탁에 앉아 있어라! 가만히 있는 게 도와주는 거다!"

사람은 어려움에 처하면 본성이 그대로 올라온다는 이야기가 있는데, 지금의 제 이야기 같습니다. 저는 모든 것을 제가 해야만 직성이 풀리는 성격입니다. 그로 인해 어머니가 상처받는 것은 전혀 신경 쓰지 못했습니다.

7.

제가 처음에 살림을 맡아 식사를 차릴 때 깜짝 놀랐습니다. 부모님이 어떤 음식을 좋아하시는지 제대로 알고 있는 것이 없었습니다. 아버지가 갈비탕을 좋아하시고, 어머니가 고사리와 미나리를 그리 좋아하시는지 전혀 몰랐습니다. 이 나이가 되도록 부모님이 무슨 음식을 좋아하는지 몰랐다는 사실에 스스로 생각해도 어이가 없어 부끄러웠습니다.

문득 어머니 제사상에 자식들이 생선 대가리만 올려놓았다는 이야기가 떠올랐습니다(생전에 어머니가 자식들에게 맛있는 것을 먹이기 위해 본인은 생선 대가리를 제일 좋아하신다는 이야기를 버릇처럼 말씀하셨기에). 어머니 앞에서 늘 짜증만 앞세우던 저는 이제 어머니가 설거지를 도와주시고 들어간 뒤에 혼자 그릇을 정리하며 제대로 씻기지 않은 부분을 말없이 다시 헹구곤 합니다.

8.

어머니가 뇌경색으로 시야를 상실하고 난 뒤부터 아버지와 어머니 사이에 공통점이 하나 생겼습니다. 아버지는 원래 야구의 열성적인 팬이셨는데, 어머니도 다시 야구를 좋아하게 되셨습니다. 어머니 역시도 처녀 시절인 1970년대에는 다니던 직장까지 조퇴하시고, 고교 야구를 즐기셨다고 합니다. 그래서 야구의 기본 규칙들을 잘 알고 계셨는데, 눈이 잘 보이지 않는 이 상황에서 TV 중계를 보지 않고 소리만 들어도 잘 인지되시기에 아버지와 함께 TV 야구 중계를 라디오 듣듯이 듣고 계십니다. 덕분에 덩달아 저도 가끔 야구경기를 보곤 하는데, 얼마 전에 야구를 보며 깨달은 것이 하나 있습니다.

대다수 구기 종목은 종착지인 골대에 공이 들어가야 득점이 인정되고 경기가 끝납니다. 그런데 야구는 경기에 임하는 선수가 홈을 밟아야지만 점수가 나고 경기가 끝납니다. 혹자는 이런 의미로 야구가 가장 인간적인 스포츠라고 말하기도 합니다.

이제 저는 경유지로 알았던 집으로 돌아왔습니다. 홈인한 저는 첫 득점을 했고, 점수를 얼마나 내야 하는지는 알 수 없지만 무사히 경기가 끝나고 다음 시즌이 왔으면 좋겠습니다.

신세계

"저기 저 글자가 신세계 맞나?"

불편한 눈으로 인해 평소 힘들게 생활하시는 어머니의 갑작스러운 물음에 저는 깜짝 놀랐습니다. 퇴원 후에도 약간의 빛만 인지할 뿐 어머니의 눈에는 차도가 그리 없었는데, 벽에 걸린 달력을 보시고 글자를 읽어나가시는 어머니를 보고 무척 기뻤습니다.

달력에 큼지막하게 적힌 '신세계'라는 단어를 읽으신 어머니의 목소리는 제게 의미 있는 메시지였던 것입니다. 앞으로의 제 삶이 지난 시절과는 다르게 펼쳐질 것이라는 희망 섞인 메시지인 것 같아 가슴이 뛰었습니다.

외래진료에서 담당 교수님은 우리 뇌는 한 쪽 기능이 상실되면 다른 쪽이 재생(보완)하려는 기능이 있다고 하시며, 앞으로 어머니의 예후를 잘 지켜보자는 말씀을 해주셨습니다. 이 날 어머니와 저는 차도가 전혀 보이지 않던 눈이 조금이나마 좋아졌기에 기뻤습니다. 밝은 대낮에도 어머니의 눈은 어두운 밤이며, 따라서 온종일 형광등을 켜놓고 생활해야 했습니다. 집안 곳곳에 형광등을 밝게 켜놓아도 어머니는 해질녘처럼 박명薄明 속에서 약간의 빛만을 인지할 수 있을 뿐입니다.

저는 어머니 퇴원 후 한 달 넘게 '앞으로 어떻게 살아야 하는가'에 대해 이런저런 고민을 하고 있었기에 어머니가 말씀하신 '신세계'라는 단어가 제게 앞으로 새롭게 펼쳐질 '신세계'처럼 희망으로 다가왔습니다. 눈이 불편한 어머니를 보살피느라 제 삶의 한 쪽 기능이 상실되었지만, '신세계'처럼 삶의 다른 쪽 기능이 재생(보완)되기에 희망의 끈을 놓을 수는 없습니다.

점점 삶에 대한 의지를 보이기 시작하는 어머니와, 10여 년을 파킨슨병으로 투병하시면서도 여전히 삶에 대한 의지가 꺾이지 않으신 아버지! 이 두 분을 지켜보며 저 역시도 삶에 대한 의지를 다시금 회복했습니다.

그동안 제가 삶에서 가장 우선시했던 것은 부모님을 보살피기 위한 돈을 버는 것이었습니다. 이전에는 부모님과 함께 살지 않고 다른 지역에 살며 생활비만을 보냈지만, 이제는 부모님을 보살피며 일정 금액 이상의 돈을 벌어야만 합니다. 만만치 않은 고단한 삶이 기다리고 있습니다. 그래도 희망의 끈을 붙잡고 부모님을 보살피며 할 수 있는 일을 찾아 나섰습니다.

맨몸으로 손쉽게 할 수 있는 편한 일은 세상에 없습니다. 예전에 하던 몸을 쓰는 일이 그나마 쉽게 시작할 수 있는 일입니다. 새벽에 시작해 오후 늦게 끝나는 도매시장 일을 떠올리고 집 근처의 새벽시장을 찾았습니다. 다행히도 학성동의 과일가게에서 오전 5시부터 12시까지 일할 아르바이트생을 구한다기에 당장 일할 수 있었습니다.

요즘 저의 하루는 새벽 4시에 기상해 부모님 아침을 차려 드리고, 12시에 퇴근해 바로 점심을 차려 드립니다. 과일 성수기인 여름철이었기에 그에 더해 저녁에 3시간씩 일당을 받으며 과일 하차 아르바이트를 할 수 있습니다.

결국 제 삶의 신세계는 예전보다 육체적으로 더 힘들지만, 진작 부모님과 함께 살며 보살펴 드리지 못한 것에 대한 후회가 밀려옵니다. 사실 어머니의 눈도 제가 초동조치만 빨리했어도 다른 결과가 나왔을지 모릅니다. 무작정 집이 싫어 함께 살지 못한 결과인 것만 같아 마음이 저려옵니다.

뇌경색 환자는 개인차가 있지만 보통 처음 증상이 나타난 후 3시간에서 6시간 안에 혈관을 뚫어야 그나마 피해를 최소화할 수 있는데, 자고 일어났더니 눈앞이 깜깜하다는 어머니를 집에서 무작정 기다리게 한 것에 대해 후회가 됩니다. 당시 제가 홀로 거주하던 경주에서 부모님이 살던 울산으로 와서 어머니를 모시고 울산대병원으로 가는 동안 지체된 시간에 어머니의 눈은 점점 더 어두워지고 있었던 것입니다. 그때 바로 119에 신고를 해서 울산대병원에 모셨으면 어머니의 눈은 다른 결과가 있었을지도 모릅니다.

결국 오늘의 제 신세계는 다른 누가 아닌 바로 제가 만든 결과이기에 그 누구 탓도 할 수가 없습니다. 몸이 불편한 부모님과 함께 사는 제 삶이 앞으로 더 힘들고 고단하리라는 것을 잘 알고 있습니다. 하지만 새벽 출근 시간에 함께 일어나 저를 배웅해주시는 부모님을 모시고 살면서 희망의 끈을 놓고 싶지 않습니다.

나도 환자다

1.

오늘은 어머니의 공복 채혈검사가 있는 날이라 아침 일찍 울산대병원에 다녀왔습니다. 병원의 분위기가 호흡기 전염병(당시 중동 호흡기 증후군, 메르스) 유행으로 인해 보름 전에 아버지를 모시고 신경과를 방문했을 때와는 많이 달라져 있었습니다. 당시만 해도 병원 내에서 마스크를 한 사람이 그리 많지 않았고, 병원 안으로 들어가는 문들이 여러 곳 개방되어 있었는데, 오늘은 정문 단 한 곳만 개방되었습니다. 어머니와 저는 미리 마스크를 준비해갔지만, 병원을 출입하는 분 중 마스크가 없는 분들은 병원에서 마스크를 제공해 주었습니다. 그리고 손 소독제로 손을 소독하는 것을 확인한 후 병원에 입장시켰습니다. 입구에는 열화상 카메라가 설치되어 있었습니다.

2.

어머니의 채혈 검사는 채 10분도 걸리지 않고 끝났습니다. 저는 울산대병원 채혈실이 오전 7시부터 환자를 받기에 집에서 일찍 출발했고, 어머니가 공복이시기에 최대한 빨리 집으로 돌아왔습니다. 평소에 외래진료를 보기 위해 대기하는 시간과 비교하면 모든 것이 빨리 끝났습니다.

그런데 집에 돌아와 보니 대문이 잠겨 있었고, 집에는 인기척이 없었습니다. 일주일에 딱 한 번, 당첨된 복권을 바꾸러 가거나 복권을 사러 가실 때만 문 밖 출입을 하시는 아버지이시기에 집에 계시지 않을 거라는 것은 전혀 예상하지 못했습니다. 무엇보다 아침에 병원에 가면서 집 열쇠를 가지고 가지 않아 아버지가 오실 때까지 꼼짝없이 기다려야 했습니다. 아버지께 전화를 하려다가 그러면 또 아버지가 급하게 오시다가 넘어져 다치기라도 하실까봐 차에서 기다리기로 했습니다. 파킨슨병이 있는 아버지는 걸음을 걸을 때 속도 제어가 안 되는 경우가 많아 곧잘 넘어지시기에 늦든 빠르든 기다리는 것만이 가장 좋은 방법입니다.

3.

"엄마! 아버지가 전에 엄마한테 나도 환자라는 말을 했었잖아. 어떤 상황에서 그 말이 나왔는데?"

차에서 아버지가 오시기를 기다리는 동안, 저는 어머니와 지난번에 이야기를 나누다 미처 물어보지 못한 이야기를 꺼냈습니다. 어머니는 살며시 웃으면서 대답하셨습니다.

"내가 병원 퇴원해도 여전히 앞도 안 보이고 해서 너희 아버지한테 짜증도 좀 내며 이것저것 시키니까, 너희 아버지도 힘에 부치는가 보더라. 너희 아버지도 성하지 않은 사람인데, 그리고 파킨슨병 때문에 말도 어눌하게 하고 행동도 느린데…."

어머니의 말을 들으며 그동안 제가 어머니에게만 너무 신경 쓰느라 아버지에게 좀 소홀하지 않았나 하는 생각이 들었습니다. 아버지 역시도 더하면 더했지 몸이 불편하기는 마찬가지였습니다.

어머니와 이런저런 이야기를 이어가는 중에 아버지가 돌아오셨습니다. 어디 갔다 오셨느냐는 물음에 아버지는 답답해서 운동하고 오셨다고 하셨지만, 저는 아버지가 이틀 전에 당첨되신 연금복권 6등 한 장과 7등 두 장을 바꾸러 다녀오셨다는 것을 알고 있었습니다. 어머니와 저를 기다리게 해서 미안하셨는지 아버지는 복권에 관한 이야기는 하지 않으셨습니다.

4.

어머니의 아침 식사가 끝나고 난 뒤, 갑자기 아버지께서 오늘은 어머니의 운동 도우미 역할을 하시겠다며 어머니를 모시고 집 밖으로 나가셨습니다.

그 시간에 저는 〈피아노의 숲〉이라는 애니메이션 영화를 노트북으로 보고 있었는데, 온통 두 분이 신경 쓰여 집중이 되지 않았습니다. 잠시 영화보기를 중단하고 나와 아버지와 어머니를 30m쯤 뒤에서 조용히 따라다녔습니다.

그런데 어머니는 제가 따라오는 것이 많이 신경 쓰이시는지 자꾸만 집에 가서 영화를 계속 보라며 제 등을 떠밀어 집으로 돌려보내려 하셨습니다. 어머니의 마음은, 아침 일찍부터 아버지 식사를 차려 드리고 또 자신과 함께 병원에 갔다 온 제가 피곤하다며 집에 들어가 쉬라는 것이었습니다.

"절대 집 앞에서만 걸어야 된다. 이 동네는 골목도 좁고 지나가는 차도 많아서 안 된다."

저는 두 분께 약속을 단단히 하고 집으로 돌아왔습니다.

5.

그렇게 신신당부하고 집으로 돌아와 〈피아노의 숲〉을 이어서 봤습니다. 그런데 30분이 훨씬 지났는데도 부모님이 돌아오시지 않아 걱정되어 집 밖으로 나와 두 분을 찾아다녔습니다. 2시간 넘게 돌아다녔는데도 부모님을 찾지 못하면서 마음이 초조해지기 시작했습니다.

'두 분 모두 몸이 성하지 않으신데, 혹시 사고라도 났으면 어

떡하지?'

불안한 마음에 허둥대다보니 괜히 저 자신에게 화가 났습니다.

'아~ 아버지 핸드폰 챙겨 드릴걸, 어머니 저혈당 증세 오면 어찌지…. 어머니가 퇴원하신 후 30분 이상 걸음을 걸으신 적이 없는데…. 나랑 운동할 때도 조금만 걸으시면 현기증이 나셨고, 비틀거리며 쓰러지려 하셨는데…. 아버지는 혹시 균형을 잘못 잡으셔서 또 넘어지셨나…. 내가 멀리서라도 지켜봤어야 했는데….'

불길한 생각들이 꼬리를 물고 이어지면서 입 안이 바짝바짝 말라오고, 발걸음이 바닥에 닿는지 모를 정도로 애타게 찾아다녔습니다.

얼마간의 시간이 지난 후, 먼발치에서 한 아주머니와 팔짱을 끼고 오시는 어머니의 모습이 보였습니다. 그런데 함께 있어야 할 아버지의 모습이 보이지 않아 저는 놀란 마음으로 어머니를 향해 뛰어갔습니다. 당연히 두 눈이 거의 보이지 않으시는 어머니는 제가 뛰어오는 것을 보지 못하셨고, 함께 있으신 아주머니가 놀란 표정을 지으셨습니다.

사연은 이랬습니다. 집 앞에서만 운동하시는 두 분이 안타까워 보이셨던 세탁소 아주머니가 어머니를 꼭 붙잡고 함께 걷기 운동을 해주셨습니다.

어머니가 체력이 많이 부족해서 운동하시는 중간 중간 앉아서 쉬며 이런저런 이야기를 나누셨는데 그 시간이 점점 길어졌던 것입니다. 그 시간 동안 아버지는 세탁소 안에서 기다리고 계셨던 것입니다. 제가 지켜보기에도 몸이 불편한 두 분이 서로 의지하며 함께 운동하는 모습이 마음 아팠는데, 세탁소 아주머니도 저랑 같은 마음이셨나 봅니다.

하지만 한편으로는 그렇게라도 스스로 운동하시려는 부모님의 마음이 감사했습니다. 비록 이날 제 마음이 타들어가게 하는 장면을 연출했었지만, 어머니가 뇌경색을 앓으시고 난 뒤 두 분의 첫 외출이 정말 고맙게 느껴졌습니다. 식사를 제대로 하지 못해 병원에서 수액을 맞고 오기도 하는 어머니의 삶에 대한 의지가 조금이나마 더 생기셨으면 하는 마음이 간절합니다.

6.

부모님을 찾으러 다니면서 여러 가지 생각들이 교차되어 제 마음 안에서는 오름과 내림의 롤러코스터가 반복되었습니다. 그리고 영화 〈피아노의 숲〉 이야기가 떠올랐습니다.

'고장난 채로 숲에 버려진 피아노….'

다른 모든 사람이 그 피아노가 고장났다며 거들떠보지 않았지만, 주인공 카이에게 그 피아노는 고장난 피아노가 아니었습니다. 카이는 그 고장난 피아노로 세상의 모든 곡을 연주할 수 있었습니다. 자신의 방식대로 최선을 다해 신나게 모든 음을 연주했습니다.

문득 우리 부모님도 제게 만큼은 〈피아노의 숲〉에 나오는 피아노 같다는 생각이 들었습니다. 아버지의 말씀대로 두 분 다 세상에서 말하는 환자이시지만, 제게 만큼은 모든 음이 나오는 고장 나지 않은 피아노입니다.

7.

"나도 환자다!"

호흡기 전염병이 유행하는 지금 이 시점에서 울산대병원에 다녀온 제가 느낀 오늘의 '음'입니다. 두 분 모두 의학적으로는 정의하기 쉬운 환자입니다. 아버지는 자신의 몸을 마음대로 제어하지 못하는 파킨슨병 환자, 어머니는 뇌경색으로 인해 두 눈이 거의 보이지 않는 환자, 그리고 저 역시도 환자라는 생각이 들었습니다.

환자의 사전적 의미는 이렇습니다.

'병들거나 다쳐서 치료를 받아야 하는 사람.'

문득 어떤 면에서 우리가 모두 환자일지도 모른다는 생각이 듭니다. 그러기에 제가 좌우명처럼 외우고 있는 테이야르 드 샤르댕 신부님이 하신 말씀이 제게 더 와 닿습니다.

"우리는 영적 경험을 하는 인간이 아니라 인간이 된 경험을 하는 영적인 존재다!"

환자가 되신 부모님을 보살피며 사는 저는, 우리가 사랑받기 위해서뿐만 아니라 사랑하기 위해 태어난 존재란 생각이 떠오릅니다.

사랑니

1.

"엄마! 사랑니가 뭐야?"

새벽에 음식물 쓰레기를 치우는 중에도 치과에서 만난 어린 소녀의 질문이 떠올랐습니다. 며칠 전에 어머니를 모시고 울산대병원 치과에 다녀왔는데, 그때 진료를 보러온 어린 소녀가 자신의 어머니에게 한 질문이 제 머릿속을 계속 맴돌고 있었습니다.

소녀의 어머니는 느닷없는 질문에 약간 당황한 듯 잠시 생각한 뒤에 대답을 했습니다.

"제일 안쪽에서 나는 이빨이야!"

당연히 그 정도의 대답으로는 초등학교 1학년쯤 되어 보이는 말괄량이 소녀를 만족시킬 수가 없었습니다.

"엄마! 사랑니가 뭐냐고?"

어린 소녀가 궁금증을 참지 못하고 제 엄마에게 다시 물었을 때, 문득 저는 저 자신에게 물었습니다.

'사랑니가 뭐지?'

아무리 생각해봐도 저 역시 소녀의 어머니와 같은 대답밖에 가지고 있지를 않았습니다.

2.

어머니는 치과 진료를 마치고 잠시 화장실에 가셨고, 저는 그 틈을 타서 재빨리 진료비 정산을 위해 갔습니다. 다른 외래진료와는 다르게 울산대병원에서의 치과 진료는 기계를 통한 자동수납이 안 되기 때문에 미리 번호표를 뽑아야만 진료비를 내는 대기시간을 절약할 수 있습니다.

저는 그 시간이 아주 잠시라고 생각되었는데, 그 사이에 어머니는 화장실을 나와서 홀로 응급실이 있는 본관 방향으로 벽을 짚으며 천천히 걸어가고 계셨습니다. 그런 어머니의 뒷모습을 지켜보면서 제 가슴이 너무 아프고 쓰라렸습니다.

지금까지 수도 없이 온 병원인데, 집으로 돌아가는 신관 쪽 방향을 전혀 가늠하지 못하시고 홀로 본관 쪽으로 가는 모습에 깊은 한숨과 헛웃음이 나왔습니다. 아들이 보이지 않아 많이 긴장하셨는지 뒤늦게 아들 손을 잡은 어머니 손이 떨리고 있었습니다.

3.

사랑니가 궁금한 소녀와 엄마의 짧은 실랑이가 끝나고, 모녀
는 언제 그랬냐는 듯 치과 진료실에 들어갔습니다. 소녀처럼 궁
금증이 풀리지 않은 저는 치과 대기실 벽에 비치된 사랑니 팸플
릿을 꺼내 인쇄된 글자를 빠르게 읽어 내려갔습니다. 사실 나이
마흔이 되도록 사랑니의 정확한 뜻도, 상징적인 의미도 몰랐다
는 것에 조금은 당혹스러웠습니다.

사랑니는 18세 이후 치열 가장 안쪽에 가장 늦게 나는 어금니를 말합
니다. 성인의 치아 수는 28개에서 32개인데 이렇게 다양한 이유는 사
랑니의 존재 여부에 따른 것입니다.

너무 싱거운 정의였기에 이 정도로는 만족할 수가 없었습니
다. 즉시 스마트폰으로 사랑니에 대해 검색하기 시작했습니다.
'위키피디아'에 사랑니에 관한 상징적인 정의가 꽤 잘되어 있었
습니다.

사랑니는 사랑을 알게 되는 나이에 나타나는 치아이며, 새로 어금니가
날 때 마치 '첫사랑을 앓듯이 아프다' 하여 붙여진 이름이다. 유럽 언어
에서는 '지혜의 이wisdom tooth'라고 부른다. 독일어로는 'weisheitszahn'
이라고 하며, 일본어로는 'おやしらず(親知らず; 오야시라즈-부모가 모르는 사

이에 나는 이)'라고 한다.

4.

나이 마흔이 되어서야 부모님의 손을 제대로 잡아봤습니다. 더 일찍 잡았어야 했는데…. 두 눈의 시야를 상실한 어머니와 난치병인 파킨슨병을 앓고 계신 아버지를 울산대병원에 모시고 다니면서 이제야 두 분의 손을 제대로 잡을 기회를 얻었습니다.

이런저런 생각이 떠오르면서 소녀의 사랑니 이야기가 제게 깊은 지혜wisdom를 주었다는 것을 알게 되었습니다. 다시 말해, 제가 병원비를 계산한다고 그리고 더 많은 병원비를 벌기 위해 한눈을 파는 많은 시간이 흐른 지금에 와서야 부모님을 사랑하고 있다는 것을 뒤늦게 깨달았습니다.

이 사랑은 첫사랑 따위와는 비교도 되지 않는 아프고 아픈 사랑입니다. 이제야 그 아픔을 느꼈지만 부모님이 모르는 사이에, 눈치 채시기 전에 제 가슴속에 박힌 사랑니를 스스로 빼내야 하는 순간이 되었나 봅니다. 그걸 빼서 가슴 깊은 곳에 묻어야만 할 것 같습니다.

5.

제게 '사랑니'의 지혜를 준 소녀를 진료실 앞에서 다시 만났을 때 밝고 호기심 가득한 소녀의 눈에는 눈물이 맺혀 있었습니다.

저는 그 소녀가 고마워 가방에 있는 사탕을 주고 싶었지만(어머니랑 외출할 때면 어머니의 당뇨로 인해 사탕을 가지고 다닙니다), 참았습니다. 여기는 치과이고, 이가 상해서 치료를 받으러 온 소녀에게 사탕을 준다는 것은 뭔가 어색할 것만 같았습니다.

다만 이것 한 가지는 확실하게 알 것 같았습니다. 소녀도 언젠가 저처럼 가슴속에 박힌 자신의 사랑니를 스스로 뽑아야만 하는 순간이 올 것입니다. 그때는 지금처럼 눈물이 아니라 미소를 머금고 뺄 수 있기를…. 저처럼 뒤늦은 후회를 하지 않았으면 하는 바람입니다.

민낮

1.

매일 새벽 쓰레기를 치우는 일을 하는 저에게는 낮보다 밤이 훨씬 더 흰합니다. 도시의 민낮은 낮보다 오히려 밤에, 특히 새벽에 더 잘 보이기 때문입니다. 우리의 심리가 숨기고 싶은 것들, 감추고 싶은 것들을 다들 어두운 밤에 내놓습니다. 그렇기에 쓰레기를 보면 그 시대의 문명 수준뿐만 아니라 의식 수준을 알 수 있습니다.

누군가 그것을 치우면서 어쩔 수 없이 맡아야 하는 쓰레기 냄새는 역겨울 때가 많습니다. 오랫동안 같은 지역을 담당하다 보니 이제 그날의 쓰레기양과 더불어 각 가정과 식당에서 어떤 형태로 배출하는지 눈을 감고도 알 수 있습니다.

2.

"저기 골목을 돌아가시면 종이상자랑 책 많아요! 저기 흰색 자동차 뒤편에는 소주병이랑 프라이팬 있던 데요…."

쓰레기를 수거하는 차에 매달려 천천히 이동해가는 저의 말에 고맙다고 손을 흔들어주시는 노인 분들을 보면 오히려 제가 더 감사합니다. 하루 중 동틀 녘이 가장 춥습니다. 그런 새벽에 폐지나 고철, 헌옷, 특히 요즘은 값이 두 배 이상 오른 소주병 등을 줍기 위해 리어카를 끌고 다니시는 할아버지, 할머니를 바라보며 GNP(국민총생산)와 GDP(국내총생산) 따위의 경제지표가 무슨 상관이냐는 생각이 저절로 떠오릅니다.

'선진국 진입의 관문 격인 OECD(경제협력개발기구) 가입국이란 빛 좋은 개살구가 도대체 무슨 의미란 말인가? 이 분들을 위한 진실한 지표인 민낯은 얼마나 많은 시간이 걸려야 제대로 밝혀질까요?'

3.

2018년 봄날에 문득 제가 다시 세 살이 된 듯한 기분이 들었습니다. 어머니에게는 2015년 5월 9일 아침 뇌경색이 찾아왔고, 부모님과 함께 살기 싫어 홀로 떠돌며 생활하던 저는 15년 만에 다시 부모님과 함께 살기 시작했습니다. 이제 햇수로 3년이고, 덕분에 새로 태어난 느낌과 함께 세 살이 된 것은 아닌가 하는 엉뚱한 생각이 들었습니다.

그래서 그런지 세상에 대한 호기심과 알고자 하는 욕구가 다시 샘솟아 올라오고 있습니다. 마치 제 뇌의 시냅스가 다시 가지를 뻗고 있는 것 같습니다. 뇌에 관한 공부를 다시 시작했습니다. 파킨슨병 13년 차인 아버지와, 뇌경색이 찾아오신 어머니가 모두 뇌에 관한 질환이기에 충분한 동기유발이 되었습니다. 부모님과 함께 살기 시작한 3년간의 세월 동안 제가 변하고 있다는 것이 느껴집니다.

인간의 시냅스는 세 살 경부터 연결이 매우 과다해지면서 스펀지처럼 모든 정보를 흡수하는 산만한 상태가 됩니다. 아이들이 '미운 세 살'이라고 불리는 이유는 3세가 되는 이 시기에 시냅스가 어른의 두 배 수준에 이르게 되면서 호기심이 증가하기 때문입니다. 시냅스는 뉴런(신경세포) 간의 접합 부분으로 뇌 발달의 결정적 시기 동안 충분한 자극에 노출되면 그 자극을 어떻게 받아들이고 어디로 보낼 지와 같은 것들에 대해 뉴런 간에 충분한 대화가 이루어지며 뇌가 발달하게 된다고 합니다.

4.

아프신 부모님을 보살피기 위해 그나마 제가 선택할 수 있는 일은 부모님이 잠든 시간대에 할 수 있는 일들입니다. 해가 지고 다음 날 다시 뜨기 전까지의 세상, 그 어두운 시간이 가장 알

맞다고 생각했습니다. 이미 경주에서 1년 2개월간 쓰레기를 치우는 용역회사에서 일한 경험이 있었기에 취업 사이트에서 지금 다니고 있는 회사의 구인광고를 보고 즉시 지원했습니다.

처음에는 부모님이 모두 몸이 편치 않기에, 특히 어머니는 병이 발병한 지 채 3개월도 되지 않았기에 면접에서 떨어졌습니다. 그런데 3개월 후에 그 회사에서 다시 연락이 왔습니다. 당시 면접을 봤던 제가 기억에 남았다면서 온 연락이었습니다. 회사 직원 한 분이 감나무에 올라가 감을 따다가 떨어져 다치셨는데, 그분이 맡은 임무가 제가 일하기 좋은 시간대라며 일을 하러 올 수 있으면 와달라는 것이었습니다(그분은 지금 건강하게 일하고 계십니다).

그렇게 해서 저는 부모님을 보살피며 새벽에 쓰레기 치우는 일을 다시 시작하게 되었는데, 같은 시각에 하는 같은 일이지만 예전에 경주에서 일할 때와는 전혀 다른 느낌이었습니다. 어두운 시간대에 일했지만, 어둠은 사라지고 점점 제 안에서 무엇인가가 밝아오는 것이 느껴졌습니다.

이제 부모님과 함께 생활한 지 3년, 강산도 변한다는 15년을 떨어져 살았기에 가장 가까운 혈연관계임에도 불구하고 서로가 힘이 들었습니다. 특히 환자가 되신 두 분을 함께 모신다는 것이 자식이기에 더 쉽지가 않았습니다. 그동안 숨겨져 있던 제 민낯이 그대로 드러난 시간이었습니다.

제 민낯이 오롯이 드러나다 보니 삶을 바라보는 저의 태도 역시 많이 달라졌습니다. 예전에 잠시 『주역』을 공부한 적이 있습니다. 깊게 공부하지는 않았지만, 주역을 공부하면서 알게 된 것이 있습니다. 제 삶의 민낯이 드러날 때야말로 스스로가 삶의 주역인 것을, 주인공인 것을 깨닫게 되는가 봅니다.

빈 소주병 70개

"형님! 어제 챙겨주신 소주병 70개, 제가 팔려다가 동네에서 폐지 줍는 할아버지 드렸어요. 형님도 아셔야 할 것 같아 말씀드려요. 근데 할아버지가 그 소주병 보시는 순간 얼마나 기뻐하시는지, 마치 크리스마스 선물을 받은 어린아이처럼 좋아하시며 뛸 듯이 기뻐하셨어요. 할아버지의 그런 모습을 보니 제가 얼마나 뿌듯하던지, 오히려 제가 받은 것이 더 많더라고요. 형님도 저랑 좋은 일 함께하신 것 같아 말씀드려요."

처음 생각은 무척 단순하고 짧았습니다. 그런데 지금은 그 여운이 무척이나 길게 느껴집니다. 이렇게 '무척'이란 단어를 연거푸 쓸 정도로 전혀 예상하지 못한 감정을 느꼈습니다. 환경미화원으로 자정 무렵부터 아침까지 일하는 저에게는 여러 가지 고물이나 소주병 등을 주울 기회가 참 많습니다. 지금은 그렇게 하지 않지만, 예전에는 주운 책이나 프라이팬, 옷가지 등을 팔아 약간의 용돈을 벌기도 했습니다.

소주병은 하나에 100원이나 하지만 슈퍼마켓이나 마트에 팔러 가기도 귀찮고, 병 안에 이물질이나 찌꺼기도 많은 편이라 웬만하면 줍지를 않았습니다. 그런데 어제는 누군가 소주병 70여 개를 들고 가기 편하게 아주 예쁘게 내놓은 것이 눈에 들어왔습니다. 순간적으로 머릿속에서는 계산이 들어갔습니다. 그걸 판 돈 7천원이면 아버지가 좋아하시는 아이스크림콘 6~7개는 살 수 있을 것 같아 함께 일하는 형님께 양해를 얻어 작업차에 싣게 되었습니다.

아침에 퇴근해서 한숨 자고 난 뒤, 제 차 트렁크에 옮겨 실은 소주병을 팔러 가려는데 어머니께서 제가 어디 가는지 물으시기에 소주병 이야기를 했습니다. 제 말을 듣고 있던 어머니께서 우리는 돈 7천원이 있어도 그만 없어도 그만이지만, 우리보다 없는 사람들은 그 돈도 크게 느껴질 테니 어머니와 제가 알고 있는 고물을 줍는 아저씨께 드리는 것이 좋겠다는 말씀을 하셨습니다.

예전에도 모았던 고물을 드린 적이 있었기에 그렇게 하려다가, 문득 제가 출근하는 자정쯤이면 언제나 폐지를 주우러 다니시는 이웃집 할아버지가 떠올랐습니다. 얼마 전에 우연히 알게 되었는데 할아버지는 후두암으로 수술을 받으셔서 말을 하지 못하십니다. 가끔씩 제게 하고 싶은 말을 종이에 적어서 보여주셨습니다.

할아버지의 집 불빛은 주무시는지 희미하였지만, 혹시나 하는 마음에 문을 두드리며 할아버지를 불렀습니다. 인기척을 느끼셨는지 할아버지는 밖으로 나오셨습니다. 그런데 할아버지의 시선은 이미 제가 아닌 문 앞에 놓인 빈 소주병을 향하고 있었습니다. 그 병을 보는 순간 얼마나 흥분하며 기뻐하시는지 아버지의 아이스크림과 비교할 바가 아니었습니다.

할아버지가 차가운 병을 맨손으로 상자에 옮겨 담으시는데, 보고만 있을 수가 없어 제가 끼고 있던 장갑을 벗어드렸습니다. 처음에는 장갑이 있다는 시늉을 하시며 받지 않으려 하셨지만, 그냥 할아버지 손에 들려드렸습니다. 할아버지의 거친 손을 보니 발길이 떨어지지 않아 차 트렁크에 든 새 장갑 몇 켤레를 꺼내드리고 집으로 향했습니다.

집으로 돌아오는 길은 무척이나 짧았지만, 그 순간 느낀 감정의 여운은 무척이나 길고 깊었습니다. 저는 1년 전부터 어린이를 위해 일하는 재단에 아주 적은 돈을 기부하고 있는데, 지금 느끼는 감정은 매달 통장에서 기부한 돈이 나가는 것이 문자로 찍힐 때 느끼는 감정과는 사뭇 달랐습니다.

'기부나 봉사는 그것을 받는 당사자가 아니라 결국은 나를 위해서 하는 것이다.'

이 말의 의미가 이해되었습니다. 비록 7천원밖에 하지 않는 빈 소주병이었지만, 할아버지보다는 오히려 저를 더 기쁘게 해 주었고, 평소 쉽게 느낄 수 없는 보람까지 맛보게 해주었습니다. 소주병이라 그런지 제 감정에 너무 취한 것 같습니다.

세상을 연주하다

1.

일요일을 제외하고 매일 새벽 제가 쓰레기 치우는 일을 하는 곳은 울산광역시 울주군 범서읍 천상리입니다. 마을 입구에 있는 울주문화예술회관 앞에서 일은 시작됩니다. 매일 쓰레기를 치우면서 가끔 예술회관의 높은 벽면을 바라보면 공연 안내 현수막이 크게 걸려 있는 것을 볼 수 있습니다. 그런데 어느 날 유달리 제 눈에 띄는 현수막이 붙어 있었습니다.

리처드 용재 오닐 리사이틀 ~ 2017. 2. 18(토) 7시 30분 울주문화예술회관 공연장

처음에는 용재 오닐에 대해 몰랐고, 관심도 없었습니다. 그런데 친한 동생이 오래 전부터 용재 오닐의 열성적인 팬이라기에

저도 궁금증이 일어 관심을 갖고 찾아보기 시작했습니다. 그가 출연한 여러 프로그램을 찾아보고, 책도 읽고, 검색하면서 나름 공부를 하는 동안 어느 순간부터 그가 친숙하게 느껴졌습니다.

용재 오닐의 공연을 꼭 봐야만 할 것 같아 표를 예매하려 했는데, 이미 매진되어 매우 아쉬웠습니다. 그나마 더 알아보니 다행히도 3월 3일 부산에서 하는 공연 티켓은 아직 몇 장이 남아 있었기에 그것을 예매했습니다.

하지만 집과 가까운 공연장에 대한 아쉬움과 더불어 매일매일 쓰레기를 치울 때마다 용재 오닐의 얼굴이 그려진 현수막이 제게 계속 무언의 말을 걸어왔습니다. 틈나는 대로 예매 사이트 들어가기를 반복하다가 운 좋게도 누군가 예매 취소한 울주문화회관 공연 표 한 장을 구할 수 있었습니다.

2.

용재 오닐이 연주하는 비올라 음은 처음 듣는 악기 소리라 아주 낯설었습니다. 태어나서 처음으로 접하는 클래식 공연이기에 1부에서는 공연장의 낯선 분위기에 적응하느라 집중이 되지를 않았습니다. 그리고 15분간의 휴식 후, 2부 공연인 '두 대의 바이올린을 위한 협주곡'을 듣기 시작하면서 갑자기 제 마음속에서 여러 가지 생각들이 함께 협주되어 물밀듯이 떠오르기 시작했습니다(바이올린으로 클래식 음악을 처음 시작했던 용재 오닐이기에 바이올린이 그에게는 익숙한 악기이지만, 정식 프로그램 중 용재 오닐이 바이올린을 연주하는 것은 이번이 처음이라 합니다).

3.

제 안에서 노도怒濤(무섭게 밀려오는 큰 물결)처럼 미친 듯이 의식의 전환이 이루어지고 있었습니다. 미니 오케스트라와 함께 연주되고 있는 협주곡을 들으면서 문득 이런 생각들이 떠올랐습니다.

'세상은 각자 저마다의 방식으로 연주되고 있구나!'

'영혼들은 각자 저마다의 연주를 하는 거야!'

'세상이 연주되고 있어!'

'그래 단지 연주일 뿐이야!'

'연주를 왼편이 아닌 오른편에서 읽으면 주연이고!'

'10대 후반부터 내가 경험한 30~40가지 직업 모두가 세상의 연주이고 협연이네!'

'1년 반 전 뇌경색이 갑작스럽게 찾아온 어머니와 12년 전 살며시 문을 두드린 아버지의 파킨슨병도 세상의 연주이구나!'

'이 모든 것이 나를 위한 연주, 나를 주연으로 만들기 위한 연주네!'

한 쪽 귀로는 무대에서 연주되는 곡이 들리고 있었고, 다른 쪽 귀로는 지난 제 삶의 연주들이 잘 편곡된 음악처럼 들리기 시작했습니다. 용재 오닐의 연주가 절정에 다다를수록 제 안의 다른 연주도 함께 절정을 맛보고 있는 것처럼 느껴졌습니다. 공명을 느꼈던 것 같습니다.

절정에 다다른 용재 오닐의 표정은 삶의 무아지경이 무엇인가를 보여주는 것 같았습니다. 정말 운이 좋게도 누군가 취소해서 제가 예매한 표가 용재 오닐의 표정과 정면으로 마주할 수 있는 자리였습니다. 어쩌면 제가 용재 오닐이 살아온 삶의 이야기들을 꽤 많이 알고 공감하고 있었기에 이렇게 느꼈을지도 모릅니다.

4.

어머니에게 뇌경색이 찾아온 뒤로 제 마음은 초조함의 연속이었습니다. 파킨슨병을 12년 넘게 앓고 계신 아버지에 더해 뇌경색으로 두 눈의 시야를 거의 상실하신 어머니, 두 분의 연주를 제가 어떻게 받아들여야 할지 고민에 고민을 거듭했습니다. 지금은 나름대로 견디고 받아들여 연주가 어느 정도 되고 있지만…. 제 연주들이 빨리 열매를 맺었으면 합니다.

내일도 매일 그랬던 것처럼 '천상'의 입구인 울주문화예술회관 앞에서 쓰레기 치우는 일이 시작됩니다. 내일은 월요일이고, 공연이 있었던 주말 다음 날이기에 쓰레기의 양이 제법 많을 것 같습니다. 추운 겨울, 천상의 어지럽혀진 쓰레기들을 매일 치우면서 가끔 천상(하늘) 입구의 연주(이야기)들이 들릴 때가 있습니다.

'세상에는 버릴 것이 너무 많구나, 그러기에 세상에는 버릴 것이 하나도 없구나….'

이 모순어법의 연주가 이해되는 날을 기다려 봅니다.

천상에서

1.

천상에 살고 있습니다. 천상에서 일하고 있습니다. 천상에서 가장 냄새나는 일을 하고 있습니다. 천상이 이렇게 지저분할 줄 은 몰랐습니다.

저는 대다수 사람이 잠들어 있는 이른 새벽 시간에 천상에서 작업을 시작합니다. 울산광역시 울주군 범서읍 천상리. 그런데 제가 천상에서 작업하는 동안 차마 잠들지 못하는 두 분이 계십 니다. 천상에서 일하는 제가 무사히 돌아오기를 기다리는 아버 지와 어머니의 새벽잠은 깊은 잠이 아닙니다. 그러기에 저는 항 상 최선을 다해 일합니다.

2.

뇌경색으로 인해 두 눈의 시야를 잃으신 어머니와 파킨슨병을 앓아 점점 더 거동이 불편해지시기에 어쩔 수 없이 곧잘 넘어지시는 아버지…. 지금 부모님과 함께하는 이야기를 써 내려가면서 저는 책에서는 배울 수 없는 참 삶을 배우며 기억해내려 애쓰고 있습니다.

요즘 유행하는 빅 데이터로 제 삶을 스스로 분석해 보면, 그 화두 중 하나는 '두 가지 이상의 일'이란 단어가 가장 먼저 보입니다. 고등학교 때부터 경제적으로 어려웠기에 지금껏 제가 경험한 일들은 어림잡아 30~40가지는 됩니다. 마흔 살을 갓 넘은 제 나이를 감안해보면 대다수의 삶 속에서 한 번에 두 가지 이상의 직업을 가졌음을 쉽게 알 수 있습니다.

얼마 전 경주에 살았을 때도 새벽에는 생활 쓰레기 및 음식물 쓰레기 수거, 그리고 일을 마치자마자 오전에 택배 하차 아르바이트, 저녁에는 다시 풋살구장 관리를 했으니 제 삶의 신산辛酸을 미루어 짐작할 수 있을 겁니다.

그래서였을까요, 지금 제가 처한 환경과 조건 역시도 그 연장선에 닿아 있는지 모르겠습니다. 저는 앞으로 평생 부모님의 손을 제 양손에 나누어 잡고 울산대병원에 다녀야 합니다.

3.

어머니는 양쪽 눈에 백내장 수술을 하셨습니다. 주치의인 신경과 교수님은 시기상조일지도 모른다고 하셨지만, 함께 진료하

시는 안과 교수님은 더는 미루면 백내장이 심해져 녹내장이 될
수도 있으니 수술을 하는 것이 좋을 것 같다는 권유를 하셨습니
다. 그나마 남아 있는 시력을 보호해야 하기에 저는 어머니와 상
의 후 수술을 결정했습니다.

다행히 백내장 수술은 잘되어 양쪽 눈의 시력이 미세하게나
마 좋아졌지만, 어머니의 문제인 시야와는 상관이 없습니다(어머
니의 두 눈은 뇌와 연관이 강합니다). 시력과 시야는 전혀 다른 문제이
고, 이것이 제게 주는 의미는 아주 깊었습니다.

4.

천상에서 일을 마치고 집으로 돌아왔습니다. 식탁에 앉아 계
신 아버지, 그런데 아버지의 모습이 어젯밤 출근하기 전 제가 본
모습이 아니었습니다. 부딪쳐 넘어지신 듯 턱이 찢어져 있었고,
그 뒤 과정을 제대로 수습하지 못해 엉겨 붙은 피가 턱 아래에
보이고, 방바닥에까지 묻어 있습니다. 제가 걱정할까봐 두 분이
최선을 다해 수습하셨지만, 한눈에 봐도 무슨 일이 있었는지 저
는 알아차릴 수 있었습니다. 제가 천상에서 일하는 동안 아버지,
어머니는 많이 놀라신 것 같습니다.

5.

아버지의 턱에 난 상처를 꿰매기 위해 아버지의 손을 잡고 가

까운 정형외과로 향했습니다. 병원이 집에서 500m 정도 떨어져 있었고, 주차하기가 마땅치 않아 천천히 걸어갔습니다. 그런데 제 손을 잡으신 아버지의 악력에 깜짝 놀랐습니다. 제 손이 아플 정도로 꽉 잡고 계셨습니다. 순간적으로 가슴이 뭉클해졌습니다. 겨울바람 때문인지 눈에 눈물도 조금 맴돌았습니다. 이제는 확실히 제가 아버지의 보호자란 느낌이 들었습니다.

6.

오늘 울산대병원에서의 시간은 천상의 하루보다 더 길었습니다. 병원 안에서 잃어버린 어머니를 찾느라 병원 1층을 헤매고 다녔습니다. 이미 2006년부터 울산대병원 신경과 단골이신 아버지의 예약날짜를 바꾸기 위해 제가 잠깐 2층 신경과에 간 사이에 1층 안과 대기실에 앉아 있던 어머니가 감쪽같이 사라지셨습니다.

분명 어머니는 백내장 수술을 받기 전 필요한 모든 검사를 다 받으셨기에 앉아서 기다리기로 했었는데, 어머니는 그 자리에 계시지 않으셨습니다. 주위에 있는 간호사 선생님들께 물어봐도 되돌아오는 대답은 '모른다'는 말뿐이었습니다.

'얼마 전에 크게 싸운 것 때문에 서운하셨나?'

여자 화장실은 물론 안내대, 주차장으로 통하는 문 등 어머니가 있을 만한 곳을 돌아다니며 찾는 동안 별의별 생각이 다 떠올랐습니다. 불과 채 10분밖에 되지 않은 시간이었지만, 이 시간이 제게는 꽤나 길게 느껴졌습니다.

다시 만난 어머니는 안과에서 미처 다 받지 못한 한 가지 검사를 더 받고 계셨습니다. 뇌경색을 앓은 지 얼마 되지 않으셨기에 다른 사람들보다 몇 가지 검사가 더 있었던 것입니다.

7.

병원에서 검사와 진료를 마치고 집으로 돌아오는 차 안에서 어머니는 저의 어릴 적 이야기를 해주셨습니다.

"아들아! 기억나나, 니 어릴 때?"

"무슨 기억?"

저는 조금 전 병원에서의 놀란 가슴이 진정되지 않아서 그런지 퉁명스럽게 대답했습니다.

"어릴 때 집에 있던 니가 갑자기 사라져서 엄마가 울면서 널 찾아다녔는데, 외삼촌이 테니스장에 데리고 갔더라! 그때는 널 잃어버린 줄 알고 하늘이 무너지는 줄 알았단다. 아들아! 니가 조금 전에 얼마나 놀랐는지 잘 알고 있단다."

8.

어머니 앞에서 문득 〈심청전〉이 떠올랐습니다. 그런데 제 입 밖으로 나온 〈심청전〉 이야기는 예전에 알고 있던 그 〈심청전〉

이 아닙니다. 내용은 같았지만, 그 의미는 전혀 다른 이야기였습니다.

"엄마! 이제 〈심청전〉의 다른 뜻을 이해한 것 같다. 〈심청전〉은 봉사인 아버지의 눈을 뜨게 하려고 공양미 300석에 인당수로 몸을 던진 효녀 이야기가 전부가 아니네! 〈심청전〉은 딸을 왕궁으로 시집보내기 위해 봉사 역할을 마다하지 않은 부모님의 희생에 관한 이야기네! 딸을 출세시키기 위한 이야기가 맞네. 그러니까 엄마도 나를 위해서 그런 것 같다. 나도 곧 출세하겠네…."

물론 약간의 농담을 넣은 이야기를 했지만, 아프신 부모님 모두를 보살펴야 하는 제게 미안한 마음을 숨기시지 않은 어머니를 잠시나마 위로해 드리고 싶었습니다.

9.

저는 오늘도 천상으로 향합니다. 자정 무렵부터 아침까지 '천상리' 일대의 쓰레기를 수거하는 일을 하고 있습니다. 처음에는 제가 부모님을 보살피는 줄 알았습니다. 그런데 얼마 전에 깨달았습니다. 제 시야가 어머니 덕분에 조금 더 넓어지고 있습니다. 〈심청전〉의 이야기는 자식을 사랑하는 부모님의 이야기였습니다. 심청의 아버지처럼 부모님도 저를 지극정성으로 보살피고 계십니다.

델포이 신전에 가면 신탁에 이런 문구가 쓰여 있다고 합니다.

"상처(고통)받은 자가 치유하리라!"

그렇지만 저는 이미 천상에서 일하며 살고 있으니 굳이 델포이 신전에 가지 않아도 될 것 같습니다. 천상의 이야기가 제 삶에서 펼쳐지고 있습니다.

나의 밑천들

1.

"아들아! 그게 모두 다 니 밑천 아니겠나!"

수화기 너머로 들여오는 어머니가 말씀하신 '밑천'이란 단어를 듣는 순간 가슴 안에서 느꺼운 무엇인가가 올라오고 있음을 알 수 있었습니다.

"엄마, 내가 지금까지 심하면 하루에 서너 가지 일을 동시에 하면서 40가지가 넘는 일을 경험하며 고생은 했지만, 지나고 나니 다 의미가 있는 것 같다. 글을 쓸 때 경험보다 소중한 자산은 없더라. 고생은 많이 했어도 매번 그 일에서 의미를 찾고 되새기는 시간이 너무 즐겁더라."

"그래, 아들아! 엄마로서 고생하는 널 보니 마음이 너무 아프지만 그게 모두 다 니 밑천 아니겠나!"

"엄마! 다 팔자니 마음 아파하지 마라. 팔 자(8)는 거꾸로 세워도, 바로 세워도 팔 자 아닌가! 또 누우면 무한대 기호(∞)이니 팔 자는 어떻게 될지 모를 일이다!"

2.

쓰레기 수거 일을 마치고 퇴근하면서 가지고 온 무가정보지 〈교차로〉에서 구인정보를 훑어보고 있습니다. 금방 눈에 띄는 아르바이트 자리를 찾았습니다.

〈오전 9~10시, 일당 1만원, XX택배〉

이제 다시 형편상 두 가지 일을 해야 할 때가 되었음을 알고 있었기에 바로 전화를 걸었습니다.

"예전에 택배 하차 아르바이트를 한 경험이 있습니다. 지금 바로 갈 수 있는데, 출발할까요?"

수화기 너머로 들려오는 대답은 제 예상대로였습니다.

"예, 오세요!"

예전에 대구에서 날마다 3시간 정도 택배 하차 아르바이트를 한 경험이 있었기에 이것이 무엇을 의미하는지 잘 알고 있었습 니다. 하지만 마음에 걸리는 것이 하나 있었는데, 지금의 쓰레기 수거 일이 월요일에는 주말인 일요일 하루를 쉬고 일을 하기에 쓰레기 양이 너무 많아 시간이 지체되기 일쑤였습니다. 따라서 시간 여건상 월요일에는 택배 하차 아르바이트를 할 수 없을 테 지만, 그동안의 제 스타일대로 일단 부딪쳐 보기로 했습니다.

"저 월요일은 일하기 힘들 것 같은데 괜찮을까요?"

"월요일은 안 하셔도 괜찮아요. 짐이 별로 없거든요."

3.

오늘은 그렇게 시작한 택배 하차 아르바이트 첫날이었고, 25t
이 조금 되지 않는 양의 화물을 하차하고 바로 그 자리에서 일당
1만원을 받았습니다. 다행히도 택배 하차를 하는 곳이 지금 다
니는 회사 근처라 퇴근 후 바로 일하러 갈 수 있어 이래저래 괜
찮은 일이었습니다. 쓰레기 용역업체에서 받는 것만으로는 매번
빠듯하기만 했던 부모님 생활비를 택배 하차를 하면서 조금 더
넉넉하게 보낼 수 있기에 기쁘고 행복했습니다.

게다가 지난 4년간 새벽 도매시장에서 너무 지쳐 있었기에 삶
의 전환이 필요했습니다. 한 달에 단 이틀 휴식, 그리고 하루 15
시간 노동으로 잠잘 시간도 부족했기에 그나마 저를 지탱해주던
책을 읽거나 글을 쓴다는 것은 한낱 사치에 가까웠습니다. 하지
만 4년간의 도매시장 일 역시도 제 삶의 밑천이 되었기에 후회
는 없었습니다. 도매시장에서의 고생 덕분에 이제 웬만한 고생
은 고생으로 여겨지지 않습니다.

4.

택배 하차를 하고 집으로 돌아오는 길에 문득 어머니와의 통

화 내용이 떠올랐습니다.

"아들아! 그게 모두 다 니 밑천 아니겠나!"

문득 집이 망하고 난 뒤, 고등학교 3학년 때부터 지금까지 제가 겪어야 했던 일들이 주마등처럼 스쳐 지나갔습니다. 노래방, 대형할인점, 용산전자상가, 자동차부품공장, 육묘장, 주유소, 가스충전소, 가구점, 재수생 학원, 전단지 배포 및 포스터 붙이기, 골프장 잔디에 농약 뿌리기, 창고 개방 매장, 제약 영업, 레스토랑, 룸살롱, 나이트클럽, 단란주점, 새벽 세차, 도매시장, 환경미화원, 택배 하차, 방수 및 방역, 물탱크 청소, 신용카드 영업, 서점, 미용실 매니저, 이삿짐센터, 분식집, 신문 배달, 우유 배달, 맥도널드, 결혼식장, 주차장, 치킨 배달, 인테리어업체, 보험 영업, 풋살구장 관리, 철거업체….

저는 어느 순간 알게 되었습니다. 제가 지금까지 해온 40여 가지의 일들이 작가의 꿈을 꾸기 시작한 제게 긍정적인 밑천이 되리라는 것을….

"나의 밑천들, 나의 믿천天들…."

믿는 종교는 없지만, 어느 순간부터 하늘을 믿기에 내 '믿천天'들에 의미가 있기를 기도합니다.

삶의 박자

1.

목요일에는 아버지께서 백내장 수술을 받으셨습니다. 수술은 성공적으로 끝났고, 비교적 간단한 수술이었지만 수술 후의 경과를 지켜보기 위해 자주 안과를 찾습니다. 꽤 규모가 큰 안과 전문병원인데도 환자들이 많기에 진료를 받기 위해서는 종종 대기시간이 길어지곤 합니다. 진료를 기다리는 동안 저는 조용히 스마트폰을 만지작거리거나 가지고 간 책을 꺼내 읽습니다. 그런데 아버지는 가만히 앉아 행동하는 저와는 사뭇 다른 장면을 연출하십니다.

2.

제가 지금껏 쓴 글들은 대다수가 거칠거나 전투적인 이야기들인 것 같습니다. 어느 순간 저는 그것을 인지하게 되었고, 그래서 좀 더 다양한 경험을 하고 싶어 새로 시도한 것이 얼마 전에 1단을 딴 해동검도입니다.

그런데 검도를 하면서도 제 갈증은 크게 해소되지 않았습니다. 많이 답답해하고 있을 무렵, 검도장 3층에서 제 귀를 붙잡는 소리가 들려왔습니다. 검도장 위층 피아노 학원에서 울리는 피아노 소리였습니다. 제가 자각하지 못했을 뿐, 피아노 소리는 쭉 흐르고 있었을 겁니다.

'그래, 피아노를 배우고 싶었는데…, 어서 빨리 피아노를 배워야겠어! 어쩌면 내 갈증이 조금이라도 해소될지 몰라….'

잊고 있던 어린 시절의 꿈이 새록새록 떠올랐습니다.

3.

피아노 학원에 다닌 지 2주일째, 그리고 오늘의 네 번째 수업…. 역시나 제 박자 감각은 엉망이었습니다. 레가토와 스타카토를 연주하는 법을 배웠는데, 피아노 선생님이 한마디 하십니다.

"왜 이렇게 피아노를 전투적으로 치세요!"

'전투적이라….'

흑백의 피아노 건반 위로 제 삶이 온전히 흘러갑니다. 살아온 삶 자체가 전투적이었기에 저도 모르게 무의식 안에서 온몸으로 표출되었던 겁니다.

4.

제가 좋아하는 정신의학자 카를 구스타프 융은 이런 이야기를 한 적이 있습니다.

"지금, 이 순간에 일어나는 모든 것은 그것이 무엇이든지 지금, 이 순간의 성질을 함유한다."

어쩌면 융의 말처럼 저도 모르게 삶에서, 또한 피아노를 치면서 전투적으로 되는 것은 제 삶에 누적된 것들의 표출인 것 같습니다.

'얼마나 전투적으로 살아왔으면….'

5.

'전투적'이란 단어가 제 머릿속을 맴돌며 아버지의 전투적이지 않은 움직임들을 불러옵니다. 파킨슨병을 앓고 계신 아버지의 몸 움직임은 일반인들과는 많이 다릅니다. 보통 사람들의 움직임이 레가토 즉 끊기는 느낌 없이 자연스럽게 움직인다면, 파킨슨병을 앓고 계신 아버지의 움직임은 스타카토와 닮은 점이 많습니다.

지금 안과병원 대기실에서 자신만의 전투를 치르고 있는 아버지의 움직임은 스타카토가 되기도 하지만, 많은 경우 온 쉼표, 점2분 쉼표, 2분 쉼표, 4분 쉼표 등 쉬어가야 할 때가 많습니다. 그것을 저는 곁에서 조용히 지켜볼 뿐입니다.

6.

아버지는 본인의 진료 차례가 다가올수록 가만히 앉아 계시지를 못하셨습니다. 대다수 파킨슨병 환자들처럼 아버지도 역시 첫발을 내딛기 힘든 경우가 점점 더 많아지고 있습니다. 아버지는 사람들이 자신의 이런 모습을 안타깝게 지켜보는 것에 신경을 많이 쓰고 계십니다. 첫발을 자연스럽게 내딛기 위해 도움닫기를 하는 것처럼 지금 아버지는 조금씩 몸을 움직이고 계십니다. 그렇게 아버지는 아버지만의 전투를 치르는 중입니다.

하지만 아버지의 바람과는 달리, 사람들은 아버지의 부자연스러운 움직임을 한눈에 알아볼 수가 있습니다.

7.

예전에 '뇌'는 신의 영역으로 치부되곤 했고, 오래 전부터 과학자들은 그 신의 영역에 도전장을 내밀었습니다. 흔히 과학자들은 인류의 역사가 우뇌와 좌뇌가 벌이는 대결의 역사라며, 두 뇌를 나눌 수 없는 하나의 이야기 안에서 풀어나가야 한다고 이야기합니다.

그리고 '뇌'를 연구하는 신경과학에서는 뇌의 기능을 탐구하는 전형적인 수단 가운데 하나로 사고나 질병으로 뇌의 특정 부위가 손상된 사람을 연구합니다. 손상된 뇌 부위의 기능이나 부족해지고 있는 화학물질의 역할을 우리가 해명할 수 있을지도 모른다는 이유 때문입니다. 지금 아버지가 앓고 계신 파킨슨병이 좋은 실례가 됩니다.

파킨슨병에 걸리면 흑질이라고 알려진 뇌 영역의 뉴런(신경) 세포가 서서히 손상되며, 부분적으로는 퇴행하거나 죽게 됩니다. 정상적인 흑질 세포는 도파민이라는 물질을 분비하는데, 도파민은 뇌세포가 서로에게 신호를 전달할 때 사용하는 특수한 화학물질 가운데 하나인 '신경전달 물질'입니다.

흑질 세포가 없어지기 시작하면 도파민이 부족해지고 뇌의 운동을 적절히 제어하거나 발현할 수 없게 됩니다. 따라서 파킨슨병 환자는 비자발적인 진전(떨림)이 생기기 시작합니다. 환자의 근육은 뻣뻣해지고 탄력이 없어지기 때문에 빠르게 자발적으로 움직일 수 있는 능력을 잃어버립니다. 환자는 등이 굽는 전형적인 걸음걸이로 쉽게 알아볼 수 있게끔 걷고, 몸의 균형을 유지하기가 힘이 듭니다.

이런 파킨슨병의 특정 증상을 'TRAP(약어가 올가미라는 뜻을 갖는 영어 단어 trap과 같다)'라는 약어로 표현할 수 있습니다. 이제 아버지의 전투는 아버지만의 전투가 아닙니다. '올가미'란 뜻처럼 나와 아버지 그리고 가족 모두가 함께하는 전투입니다.

8.

피아노는 이탈리아어로 '부드럽고–강하게solf-loud'라는 의미인

'피아노포르테^{pianoforte}'의 줄임말입니다. 악기 중 유일하게 모든 음역을 다루고 있는 피아노는 열 손가락이 각각 독립적으로 제 기능을 해야만 합니다. 마치 좌뇌와 우뇌처럼 오른손과 왼손이 각기 독립적이면서도 조화롭게 움직여야만 합니다. 현의 진동이 줄받침을 통해 공명판에 전달되며, 공명판은 전달된 소리를 크게 하고 음색에 영향을 줍니다.

제가 얼마 전에 시작한 해동검도가 제 삶을 해동시켜주기 시작했다면, 그것에 이어 시작한 피아노는 제 삶을 어원 그대로 부드럽고 강하게 해줄지도 모릅니다. 저의 전투는 저로서 끝내야 합니다.

9.

문득 신영복 선생님이 『담론』에서 이야기한 네덜란드 동화가 떠오릅니다.

아버지가 어린아이를 데리고 산책하러 나간다. 산책로 주변에는 버섯 군락지가 있었다. 아버지는 아이에게 버섯 하나를 가리키면서 이야기 한다.

"애야, 이건 독버섯이야!"

부자가 돌아가고 난 후, 독버섯이라고 지목된 버섯은 충격을 받고 쓰러진다. 옆에 있던 친구가 그를 위로한다. 그가 베푼 친절과 우정을 들어

절대로 독버섯이 아님을 역설한다. 그러나 그에게 위로가 되지를 못한다. 정확하게 자기를 지목하여 독버섯이라 했다는 것이었다. 위로하다 위로하다 최후로 친구가 하는 말이 "그건 사람들이 하는 말이야!"였다. '독버섯'이라는 논리는 버섯을 식용으로 하는 사람들의 이야기이다. 버섯은 모름지기 '버섯 자신의 이유'로 살아야 한다. 자신의 이유가 있는 한 아무리 힘든 여정이라고 해도 견딜 수 있는 내면의 힘이 나온다. '자신의 이유'를 줄여 이야기하면 '자유'가 되기 때문이다.

얼마 전까지만 해도 제게는 세상이 온통 이야깃거리로 가득 차 있었습니다. 이제는 덧붙여 세상이 음악으로 들리기 시작합니다. 영국의 낭만주의 시인 존 키츠는 이런 이야기를 한 적이 있습니다.

"귀에 들리는 멜로디는 달콤하지만, 들리지 않는 멜로디는 더욱 달콤하다."

아직 키츠의 수준까지는 아니지만, 독버섯 역시도 특유의 박자와 화음을 가지고 있음을 알게 되었습니다. 아버지의 전투는 쉽지 않은 여정임을 잘 알고 있습니다. 저의 전투 역시도 마찬가지입니다. 그래서 앞으로는 삶을 전투라고 생각하지 않을 것입니다. 아버지 그리고 저 모두 자신의 이유를 가지고 살아가고 있기 때문입니다. 우리들의 삶의 박자는 같으면서 또 다릅니다. 언젠가 더 자유로워질 날을 기다립니다.

지란지교芝蘭之交

1.

"'지' 한 글자가 빠졌네요!"

제가 좋아하는 서예 모임의 회장님이 정성스럽게 써오신 160여 글자를 살펴보던 저는 '지란지교芝蘭之交' 중 한 글자가 빠져 있는 것을 알았습니다. 회장님은 '지'자 한 글자를 빼고 쓰시는 바람에 160여 글자를 다시 쓰게 되셨습니다. 하지만 저는 그 덕분에 긴 이야기 하나를 써내려갈 수 있게 되었습니다.

2.

'지란지교라? 무슨 뜻이었지? 지초와 난초는 향기로 사귄다는 뜻으로 기억되는데….'

저는 손으로는 서예의 가장 기초인 가로 긋기를 하면서도 머릿속에서는 '지란지교'의 향기가 빠져나가지 않은 채 그대로 맴돌고 있었습니다. 그 향기는 새벽에 음식물 쓰레기를 수거하는 중에도 계속 제 머릿속을 맴돌았습니다.

3.

'악취가 진할수록 집중이 잘된다.'

문득 16년 전 여름에 읽은 소설 『향수』가 떠올랐습니다. 당시 사귀었던 첫사랑 친구가 빌려준 책이었는데, 제 인생 처음으로 읽은 장편소설이었습니다. 이 소설이 제 평생 '화두'가 되리라는 것을 당시로는 전혀 알 수가 없었습니다.

세상의 모든 냄새를 만들 수 있는 소설의 주인공은 정작 본인의 향기(냄새)를 맡을 수가 없습니다. 자신의 체취를 느끼지 못하는 주인공처럼 저 역시도 음식물 쓰레기를 수거하며 악취를 계속해서 맡다보면 냄새를 못 느끼는 경우가 있습니다. 그런데 소설의 주인공과 다른 점은 악취가 강할수록 오히려 제 생각과 지난날의 체취들에 더 집중하게 되는 경우가 있습니다.

4.

10여 년째 파킨슨병을 앓고 계신 아버지와 더불어 작년에 뇌경색이 찾아온 어머니를 보살피기 위해서는 부모님이 잠든 밤에 일하는 직업이 필요했는데, 운 좋게도 제가 원하는 시간에 할 수 있는 일을 구했습니다. 그것은 용역업체 소속 환경미화원으로,

새벽마다 1t 포터를 타고 다니며 5ℓ와 20ℓ 음식물 통에 들어있는 음식물 쓰레기를 수거하는 일을 합니다.

이제는 날씨가 점점 더워지는 여름철이라 음식물 쓰레기의 부패가 심해 악취가 더 강해지고 있습니다. 그런데 오늘은 유난히 자극적이고 강한 냄새가 나는 음식물 쓰레기를 수거하면서 제 집중력이 더 강해짐을 느낄 수 있었습니다. 어쩌면 낮에 서예를 하면서 머릿속에 맴돌고 있는 '지란지교'의 향기 때문일지도 모릅니다.

무더운 여름이 다가오는 지금 점점 악취가 심해지는 음식물 쓰레기 냄새를 맡으면 오히려 제 마음속 생각의 깊이가 더해지는 것을 느끼곤 합니다.

5.

뇌경색으로 인해 눈의 가시범위를 거의 상실하신 어머니 덕분에 세상의 이야기들을 바라보는 제 시야는 더 넓어지는 것 같습니다. 갑자기 『심청전』이 전혀 새로운 의미로 다가왔습니다. 제가 예전에 알고 있던 『심청전』의 중심인물은 오로지 효녀 심청에 관한 이야기였기에 심청만 보였을 뿐 심 봉사를 비롯한 다른 인물은 관심 밖이었습니다. 그런데 어머니의 눈이 어두워지니 『심청전』의 이야기를 다른 관점으로 볼 수 있게 되었습니다.

'어쩌면 심청의 아버지 심 봉사는 사랑하는 딸을 위해 세상에 나올 때 이미 봉사가 되기로 스스로 선택한 것일지도 모른다. 결국 심청은 나라의 국모가 되고, 〈심청전〉은 딸을 위해 봉사가 되기로 선택한 아버지의 깊은 사랑 이야기일지도(해피엔딩)…. 우리 아버지와 어머니의 병들 역시 나를 성장시키기 위한 것은 아닐까? 가슴 아프지만, 내 상황에서는 이것보다 더 긍정적인 해석을 찾기가 힘이 드네….'

새벽에 사람들이 배출한 음식물 쓰레기들에서 나는 부정적인 냄새들이 오히려 제게 긍정적인 효소로 분해 작용을 하는 것 같습니다. 이렇게 생각이 조금씩 선명해지고 있을 무렵, 저는 제게 똑같은 말을 해주시는 선생님을 만났습니다.

6.

"힘 빼세요! 힘!"

서예와 피아노를 가르쳐 주시는 선생님들이 모두 제게 같은 말씀을 하십니다.

"자꾸 힘이 들어가니 붓끝이 갈라지는 것입니다. 가볍게 잡으세요!"

"그냥 살며시 눌러도 피아노 소리는 공명을 일으킵니다. 그렇게 강하게 누르지 않으셔도 돼요!"

제 지난 삶 덕분인지, 때문인지, 저는 계속해서 긴장된 삶을 살았습니다. 요즘 들어 그 긴장이 서서히 풀리게 된 것은 어머니의 뇌경색 덕분입니다.

'삶 역시도 힘을 빼야지만 갈라지지 않은 채 공명을 제대로 느
낄 수 있는 것일지도….'

7.

요즘 제가 흥미롭게 읽고 있는 책은 이명희와 정영란이 함께
쓴 『꽃으로 세상을 보는 법』이란 책입니다. 친구인 인문학자와
자연과학자가 각각의 시각으로 바라본 12가지 꽃 이야기를 읽
으면서 지금의 제 인생도 양분을 모으고 있는 광합성 중이란 생
각이 듭니다. 꽃을 언제 피울지는 전혀 중요하지 않고, 부모님과
함께하는 인생의 광합성이 얼마나 중요한지를 깨달았습니다.

그동안에는 제 삶에 대해서 고민만을 해왔다면, 이제는 고민
하기보다 먼저 선택을 하는 경우가 많습니다. 지금 하는 서예와
피아노 그리고 중국어 공부도 별 고민 없이 선택했습니다. 인생
은 이분법적으로 꽃이 먼저도, 잎이 먼저도 아닌 것 같습니다.
'생' 즉 자신이 살아있음을 느끼는 매순간 '생생'해지는 것이 가장
좋은 것 같습니다. '지란지교'처럼 제 인생에서도 향기가 났으면
좋겠습니다.

패밀리^{family}

매주 토요일 밤 EBS-TV에서는 '세계의 명화'를 방영합니다. 저는 일주일에 한 번 이 시간만큼은 놓치지 않는 편입니다. 지난 주 토요일 밤에 상영한 영화는 제가 예전에 본 영화 〈패밀리 맨〉이었습니다. 그렇지 않아도 며칠 전에 본 영화 〈밀리언 달러 베이비〉의 여운이 남아 있었기에 '가족'의 의미는 뭘까 하며 영화를 봤습니다.

〈밀리언 달러 베이비〉에는 '모슈쿠라'라는 단어가 나오며 그 뜻을 영화의 마지막에 알게 됩니다. '모슈쿠라'의 뜻은 '나의 사랑, 나의 혈육'이라는 의미로 영화의 전체적인 메시지를 함축하고 있는 단어입니다. 저는 이 두 편의 영화 〈패밀리 맨〉과 〈밀리언 달러 베이비〉를 보면서 '가족이란 무엇일까?' 하는 생각이 떠나지 않았습니다. 평소 습관대로 가족을 뜻하는 '패밀리^{family}'의 어원을 찾아봤습니다. family의 어원은 하인, 노예를 뜻하는 라틴어 famulus에서 유래했는데, 고대 로마에서는 가장이 강력한 힘을 가지고 가족을 지배했고, 동·서양을 막론하고 소유권은 가장만이 가졌기에 다른 가족들은 아무것도 가질 수 없는 경우가 대다수였습니다.

그런데 검색을 하다가 family를 의미하는 요즘의 어원을 보고 고대의 어원보다 훨씬 마음에 와 닿았습니다. 'Father+And+Mother+I+Love+You'의 앞글자만 딴 현대적 어원의 의미를 보며 가족의 의미가 무엇인지 생각했습니다.

저는 사람들이 이야기하는 평범한 가정환경에서 자라지 못했기에 그런 환경에서 자라는 친구들이 제일 부러웠습니다. 막연히 평범한 가정을 이루는 것이 꿈인 적도 있었습니다. 그런데 아프신 아버지와 어머니를 돌보며 저에게 가족의 의미는 확연히 달라졌습니다.

저는 아버지와 어머니를 돌보면서 저와 아무런 혈연적 관계가 없는 분들에게 많은 도움을 받았습니다. S선생님은 5년 넘게 꾸준히 반찬을 해주셨고, 맛있는 김장김치를 3년간이나 주신 미진이 가족도 계셨습니다. 2년 전에 이사 온 아파트의 옆집 아주머니도 어머니가 좋아하시는 반찬을 자주 나눠주십니다. 최근에는 2주마다 한 번씩 여러 가지 반찬을 정성껏 해주시는 형님 내외분이 계십니다. S선생님과 미진이 가족은 꽤 오랜 인연이 있는 분들이지만, 7개월 동안 꾸준히 반찬을 해주시는 형님 내외분은 작년 8월에 알게 된 가족입니다.

형님은 작년 8월에 우리 회사에 입사하셨고, 다른 직원에게 제가 아프신 어머니와 함께 살고 있다는 이야기를 들었다고 합니다. 형님 역시도 어린 시절에 아프신 어머니를 홀로 모시며 산 기억이 떠올라 형수님과 상의 후 제게 반찬을 해주신다고 말씀하셨습니다. 처음에는 부담되어 여러 번 사양했지만, 형님과 이런 속 깊은 이야기를 나눈 이래 요즘은 반찬을 고맙게 받고 있습니다. 오히려 형님과 형수님은 반찬을 해주면서 본인들이 행복하기에 더 고맙다는 이야기를 하셨습니다.

이러한 일들을 겪으면서 저에게 가족의 의미는 바뀌었습니다. 사전적 의미의 가족의 어원은 바꿀 수 없겠지만, 제가 느끼는 가족의 개념과 가족을 생각하는 뜻은 변했습니다. 어린 시절에는 남들과 같은 평범한 가족이 그리웠습니다. 그리고 아버지와 어머니가 아프게 되어 이웃들의 도움을 받으면서 혈연을 넘어서는 가족의 더 큰 의미를 깨닫게 되었습니다. 단어의 어원은 중요한 것이 아니었습니다. 단지 어떤 의미를 붙이며 그 의미대로 살아가는 것이 더 중요하다는 것을 패밀리, 즉 또 다른 가족을 통해 알게 되었습니다.

장애

주민센터에서 지난번에 신청한 아버지의 장애등급 복지카드
가 도착했다는 연락이 왔습니다. 그런데 주민센터에서 연락을
받기 전에 이미 우편으로 아버지의 장애등급에 대한 판정과 그
이유를 통보받았기에 관심이 없게 되었습니다. 이런 시큰둥한
반응은 사실 3등급을 받을 수 있을 거란 기대가 너무 컸기에 4등
급이란 통보에 크게 실망했기 때문이기도 합니다.

하지만 곧바로 이런 생각을 한 저 자신에게 실망했습니다. 장
애인을 가족으로 둔 사람이라면 장애등급에 다소 민감한 것은
어쩔 수가 없습니다. 1, 2, 3등급과 4, 5, 6등급이 받는 혜택에는
꽤 큰 차이가 납니다.

아버지는 얼마 전까지 10년이 훨씬 넘는 파킨슨병으로 인한
뇌병변장애로 5등급 판정을 줄곧 유지해왔습니다. 그런데 8월
말경에 어머니가 잠시 이웃집에 가시고, 저는 자정 출근을 위해

초저녁잠을 청하고 있을 때, 아버지 혼자 밖에 나갔다가 넘어지면서 크게 다치셨습니다. 경찰관 두 분이 아버지를 모시고 집으로 왔고, 한 달 가량을 제대로 앉지도 걷지도 못하시고 누워만 계셨습니다. 거기에다 넘어졌을 때의 충격 때문인지 몰라도 초기 치매 증상도 보이셨기에 걱정이 많았습니다.

결국 저는 현실적인 선택을 해야만 했습니다. 우선 정부에서 실행하고 있는 장기요양등급 판정을 빠르게 받았고, 더불어 장애등급 재신청을 하기 위해 아버지가 11년째 다니고 있는 울산대병원에 가서 여러 가지 검사를 받았습니다. 얼마간의 검사비와 시간 투자가 필요했지만, 당연히 이번에는 3등급 정도를 받을 거로 예상했기에 이 정도의 비용과 수고는 전혀 개의치 않았습니다. 아버지를 오랫동안 지켜봐 오신 담당 교수님도 이번에는 3등급 이하로 나올 것 같다는 희망적인 이야기를 해주셨습니다. 그러했기에 이번에 받은 장애등급 결과에 처음에는 무척이나 실망했던 것입니다.

하지만 곰곰이 다시 생각해보니 제 생각이 많이 잘못되었고, 삐뚤어진 의도가 있었음을 깨닫고 스스로를 반성하게 되었습니다. 4등급이란 것은 그만큼 아버지가 아직은 건강하다는 증거입니다.

아버지에다 어머니까지 모두 장애인이 되셨기에 저는 정부로부터 받을 수 있는 혜택은 무리해서라도 받고 싶었습니다. 하지만 4등급의 장애 결과를 두고 혼자 며칠간 갈등하면서 깨닫게 된 것이 하나 있습니다. '장애障礙'의 사전적 의미는 신체기관이 본래의 제 기능을 하지 못하거나 정신 능력에 결함이 있는 상태를 일컫는 말입니다. 하지만 제게 있어 '장애長愛'란 길고 큰 사랑을 필요로 하는 마음이란 것을 스스로에게 다짐해가는 중입니다.

아버지와 어머니에게 장애가 찾아오기 전까지는 제가 장애를 가지고 있었던 것 같습니다. 오히려 두 분의 장애 덕분에 제가 가지고 있던 장애가 걷히고 있는 느낌입니다. 제가 워낙 모난 성격이다 보니 부모님께서 자신을 희생하면서까지 제게 사랑을 가르쳐 주고 계십니다. 제가 지금 읽고 있는 호프 자런의 『랩 걸Lab Girl』에는 이런 구절이 나옵니다.

"사람은 식물과 같다. 빛을 향해 함께 자란다는 의미에서 말이다."

어쩌면 인류에게 있어 장애는 '빛(사랑)을 향해 함께 자라며 성장하라는 신이 던져주는 희망의 메시지(화두)는 아닐까?' 하는 조심스러운 생각을 해봅니다. 물론 저 역시도 알게 되었습니다. 가족으로서 제가 그랬던 것처럼 '절망과 화를 느끼는 경우가 더 많다는 것을….'

기도

"엄마, 이제 우리 기도도 할부로 하자!"

어머니의 울산대병원 진료를 마치고 돌아오는 길에 내뱉은 저의 뜬금없는 소리에 어머니는 살며시 미소를 지어보이십니다. 예전부터 제가 엉뚱한 면이 많다는 것을 잘 알고 계시기에 조용히 미소로 대답을 대신하십니다.

부모님의 병원비를 저 혼자 부담해야 하기에 다소 버겁기도 하지만, 여하튼 저는 병원에서 부모님 병원비를 계산할 때면 무조건 가장 긴 무이자 할부로 결제합니다. 할부를 하면 아직까지는 제가 감당할 수 있지만, 그 끝을 알 수 없기에 막막하고 기운이 빠지는 것은 숨길 수가 없습니다.

'우리가 경험하는 인생도 일시불일 때보다 오히려 할부일 때가 더 많지는 않을까?'

병원비를 일시불이 아닌 할부로 계산하다 보니 문득 이런 엉뚱한 생각까지 들었습니다. 그래서 앞으로는 아버지와 어머니 건강에 대한 기도를 단번에 고쳐달라는 일시불 기도보다 서서히 좋아지게 해달라는 할부로 해보는 것도 괜찮은 방법일 것 같습니다. 물론 무이자 할부로 말입니다.

이런저런 생각을 하며 핸드폰을 만지고 있는데, 페이스북에서 3년 전 오늘 쓴 이야기를 회상할 수 있는 알림이 왔습니다. 까맣게 잊고 있었던 이야기였습니다. 이때는 어머니에게 뇌경색이 찾아오기 전이라 기도도 할부로 할 필요가 없을 때였습니다.

지난 목요일 울산 부모님 댁에 전화를 걸었다. 이유는 간단했다. 어머니가 여름인데도 불구하고 발이 시려 계속 양말을 신고 있어야 한다기에 인터넷을 통해 족욕기 한 대를 사서 보내드렸다. 그리고 택배를 받으셨는지 확인하려고 전화를 걸었다. 때마침 어머니의 핸드폰은 안방에 있었고, 벨이 울리는 것을 들은 아버지는 부엌에 계신 어머니에게 핸드폰을 갖다 주려다 그만 넘어지고 말았다. 10여 년째 파킨슨병을 앓고 계신 아버지는 균형을 잡지 못해 곧잘 넘어지시는데, 요즘은 상황이 더 좋지 않아 신경이 많이 쓰인다. 어머니께 핸드폰을 전해 주려다 넘어지신 아버지의 입에서는 한가득 피가 났고, 전화를 받던 어머니는 놀라서 무척 당황하셨다. 이 모든 상황을 전화로 듣고 있던 나는 많이 걱정되었으며, 이윽고 걱정 이상의 화가 올라오기 시작했다. 잠시 후 어머니의 전화를 받고 난 뒤 조금 안심이 되었지만, 지금까지 여러 번 어머니가 내게 걱정을 옮기지 않으려고 선의의 거짓말을 한 경험이 있으시기에 걱정의 끈을 놓을 수가 없었다. 그리고 두 시간 뒤 나를 녹다운시키는 전화를 받았다.

"아들아, 사실 니한테는 이야기하지 않았는데, 사실 엄마가 당뇨기가 조금 있다고 하더라, 그리고 고혈압도…. 족욕기 주의사항에 당뇨하고 고혈압 있는 사람은 사용하지 말라고 적혀 있네."

갑자기 너무 화가 나서 나도 모르게 좀 심한 말을 어머니에게 했다.

"뒤통수치지 말고, 차라리 앞통수 좀 쳐라!"

넘어져 피가 나신 아버지의 입 안은 어떠한 상황인지도 모르는데, 어머니가 당뇨에 고혈압까지 안고 계시다니…. 그리고 매번 여러 상황을 나중에 알게 되곤 했기에 어머니의 잘못이 아님에도 짜증과 화가 많이 났다. 가장 먼저 떠오른 것이 나의 재정적 상황이었다. 가지고 있는 현금은 얼마 없지만, 신용카드 한도는 400만원까지 되니…. 또 걱정과 그에 따른 생각을 너무 멀리까지 하기 시작했다. 부모님과 관계되는 사건이나 일이 생기면 너무 예민해진다. '요즘 내 삶이 너무 편해서 또 사건이 벌어진 건가?' 하는 나 자신을 학대하는 확대해석을 했다.

당시와는 달리 이제는 부모님과 함께 살기에 저 자신을 학대하지는 않습니다. 그리고 부모님과 관련한 여러 가지 일들을 바로 눈앞에서 겪으면서 더 단단해지고 있는 저를 바라볼 수 있습니다. 물론 카드값 할부를 갚기 위해 여전히 주중은 물론 주말에도 아르바이트해야 합니다. 이렇게까지 열심히 살아도 빠듯한 현실 앞에 기도를 할부로 할 엉뚱한 생각까지 하지만, 부모님 곁에서 함께 시간을 보낼 수 있다는 것만으로도 지금 행복합니다.

호모하빌리스

1.

대형 화면에는 체코 출신 구스타프 말러의 교향곡 제4번(G 장조) 〈천상의 삶〉이 오케스트라에 의해 연주되고 있습니다. 조금 전 교향곡이 연주되기에 앞서 미리 설명해주신 음악 감상 선생님의 말씀이 불현듯 떠올랐습니다.

"말러의 음악은 좀 난해할 수 있으니 들리는 것만 듣고, 들리지 않는 것은 듣지 않는 것도 좋은 방법입니다!"

저는 곧 이 말의 의미를 알 수 있었습니다. 말러의 삶만큼 그의 음악은 어려웠고, 제게 들리는 것이 거의 없었습니다. 그때 문득 제 안에서 한 단어가 떠올랐습니다.

'호모하빌리스!'

정말 신기했습니다. 평소 사용하지 않는 생소한 단어인데 뜬금없이 왜 이 단어가 튀어나왔을까 하는 생각이 머릿속을 꽉 채

우면서 차츰 뿌리를 찾아가기 시작했습니다. 여물을 되새김질하는 반추동물이 된 듯한 기분이 들었습니다.

2.

제 핸드폰에는 어머니의 진료를 위해 정기적으로 방문하는 울산대병원의 안과, 신경과, 내분비내과, 신장내과, 치과의 전화번호가 저장되어 있는데 하나 더 추가해야 하는 상황이 발생했습니다. 얼마 전 어머니께서 걸으실 때마다 허리 아래쪽 부분에 심한 통증을 느끼셔서 병원에 전화해 어렵게 신경외과 예약을 잡았습니다. 그런데 저는 며칠 고민 끝에 예약을 취소하고, 어머니가 3년 전에 다니셨던 한의원에 가기로 했습니다.

그렇게 해서 매주 3일 저는 어머니를 모시고 한의원에 다니고 있습니다. 그런데 어머니가 아프신 것은 마음에 걸렸지만, 한의원에 갈 때마다 저는 기분이 꽤 좋았습니다. 한의원이 아닌 커피숍에 가는 기분이 들었습니다. 어머니가 한의원에 머무는 시간은 물리치료를 합해 보통 2시간 정도 걸렸는데, 보호자가 대기하는 곳에는 편안한 소파와 함께 항상 잔잔한 클래식 음악이 흘러나와 책 읽기에는 정말 좋은 장소였습니다.

2주가 지났을 무렵, 그동안 저를 지켜봐온 듯 한의원의 실장님이 말을 걸어왔습니다.

"저기 혹시 클래식 음악 좋아하세요?"

"네! 좋아는 하는데 아는 것은 별로 없습니다."

제 반응이 본인의 기대와 다르지 않은 듯 실장님은 조심스럽게 말을 이어갔습니다.

"제가 예전에 신복도서관에서 하는 클래식 음악 강좌를 들었는데, 그때 강의하셨던 선생님이 조그마하게 일주일에 한 번씩 음악 감상도 하며 이야기를 나누는 수업을 하시는데 한번 와 보실래요?"

"저야 좋죠! 제가 호기심도 많고, 공부하는 것 좋아하는데, 정말 재미있겠습니다. 제가 가진 스펙트럼을 확장할 좋은 기회가될 것 같습니다."

저의 목소리로도 알 수 있듯이 마음은 굴뚝같았지만, 부모님 병원비가 만만찮았기에 은근 비용이 걱정되었습니다.

"근데 비용이 어떻게 되는지요?"

"한 시즌이 3개월인데 한 달에 4번 수업을 해서 12번이고, 12만 원 내시면 돼요."

3달에 12만원. 제 표정이 금세 확 밝아졌습니다. 그런 저를 보며 실장님이 덧붙이셨습니다.

"그날 공부한 음악 CD랑 동영상 CD도 복사해서 모두에게 나누어 주시고, 사전에 수업을 위해 조사한 인쇄물도 함께 나누어 주세요!"

"와! 대박! 너무 좋습니다."

3.

첫날 수업에서는 셀린 디온이 미국 라스베이거스의 대형 공연장에서 한 공연을 약 1시간 30분 감상했는데, 저는 신선한 충격을 받았습니다. 제가 지금까지 봐온 공연과는 차원이 달랐습니다. 휘트니 휴스턴, 머라이어 캐리와 함께 3대 디바라는 셀린 디온의 목소리와 카리스마 그리고 잘 꾸며진 무대는 최고의 공연이었습니다.

두 번째 수업에서는 프레데릭 쇼팽의 녹턴 2번 E장조와, 음악의 아버지 J. S. 바흐의 이탈리아 협주곡 F장조와 오보에 협주곡 A장조 그리고 마태수난곡 BWV244 중 〈주여 불쌍히 여기소서〉를 감상했습니다. 마지막 곡으로는 헝가리 출신의 피아니스트 프란츠 리스트의 피아노 협주곡을 들었습니다. 다행히도 쇼팽의 녹턴과 바흐의 곡은 꽤 유명한 곡이라 리듬이 익숙했고, 기교의 끝판왕 리스트의 피아노 협주곡은 친한 동생이 작년에 헝가리를 다녀오면서 CD 한 장을 선물로 줘서 들어본 경험이 있었기에 낯설지가 않았습니다.

세 번째 수업은 다른 시간과는 다르게 제 안에서 무엇인가가 올라오고 있음이 느껴졌습니다. 수업은 클래식만이 아니라 영화음악, 재즈, 탱고, 민요, 판소리, 제3세계 음악 등 다양한 음악을 듣는데, 이날은 수업 시작 부분에 영화 〈미션〉 중에서 가브리엘의 오보에를 들었습니다. 한 예능 프로그램에 소개되어 국민가

요가 되어버린 '넬라 판타지아(환상 속에서)'는 1986년 영화 〈미션〉의 주제곡인 '가브리엘의 오보에Gabriel's Oboe'에 이탈리아어 가사를 붙여 부른 노래입니다. 저는 곡이 연주되는 동안 영화 〈미션〉을 검색해보았습니다.

1750년경 파라과이와 브라질의 국경 부근에서 일어난 실화를 토대로 만들어진 이 영화는 원주민을 상대로 선교활동을 벌이는 두 선교사의 대조적인 모습을 보여주며 종교의 참모습과 정의가 어떤 것이어야 하는지에 대한 메시지를 던져준 영화였다. 작품성이 훌륭하여 1986년 제5회 칸 영화제에서 대상을 받았던 명화였다.

영화음악을 듣는 순서가 끝나고, 이제 이날의 하이라이트라 할 수 있는 말러의 음악을 듣는 시간이 다가왔습니다. 시로 시작해 시로 끝나는 말러 교향곡 제4번 G 장조(천상의 삶)는 아직 제 수준에서는 이해하기가 힘들었습니다. 같은 오선지에 그린 음악임에도 그 전의 쇼팽이나 바흐, 리스트와는 전혀 다른 소리를 내고 있었습니다. 그때 문득 대형 화면에서 말러의 곡을 연주하는 사람들의 얼굴과 악기가 오버랩되며 계속해서 제 눈앞을 오가고 있음을 느낄 수 있었습니다.

'아~ 이것이 우리가 지상에서 이루고 있는 천상의 삶일지도….'

4.

"도, 레, 미, 파, 솔, 라, 시~"

바이올린, 비올라, 첼로, 오보에, 호른, 트롬본…. 단 7개의 계이름으로 수많은 악기가 각각의 연주자들을 통해 조화를 이루면서 거대한 음을 쏟아내고 있습니다. 저마다 생긴 모습이 다른, 성장 배경이 다른, 꿈이 달랐던 사람들이 하모니를 이루며 같은 곡(이야기)을 들려주는 것 같습니다. 절정으로 치닫는 마지막 부분에서는 소프라노 가수 한 분이 나와서 모든 악기와 함께 천상의 삶에 관한 노래를 불렀습니다. 시간과 공간을 달리하는 지금이곳 역시도 완벽한 시공간인 것 같았습니다.

'아~ 그렇구나, 우린 호모하빌리스가 맞구나! 우린 도구의 인간이었어! 우린 악기(도구)로서 세상에 우리 자신을 표현하고 있었구나! 그런 우리는 신의 도구이니, 인류 진화는 신(천상)의 길로 향하는 양방향의 진화일지도….'

5.

요즘 저는 매주 월요일 저녁에 클래식 음악 감상을, 화요일과 금요일 오후에는 서예 수업을 받고 있습니다. 매주 수요일과 금요일 오후에는 틈나는 대로 중국어 회화를, 매주 화요일부터 금요일 오후에는 배드민턴을 틈틈이 배우고 있습니다.

처음에는 제게 다가온 현실을 잊고 살기 위해 바쁜 일정을 잡앉습니다. 집에만 있다 보면 몸이 불편하신 부모님 때문에 때때로 가슴이 답답하고 미쳐버릴 것만 같습니다. 저의 보살핌이 무색하게도 하루하루 몸이 나약해지시는 부모님을 보면 순간적으로 폭발해 버릴 것만 같습니다.

그런데 어제 문득 음악 감상시간에 '호모하빌리스'란 단어와 함께 제 기억 속에서 한 문장이 떠올랐습니다.

'저항하면 지속하고, 살펴보면 지나간다!'

책에서 읽었는지 아니면 영화 대사인지는 잘 기억나지 않았지만, 많이 놀랐습니다. 요즘 저는 다시 제 삶에 저항하는 중이었습니다. 아직 제게 주어진 미션이 무엇인지 잘 모르겠지만, 어제 이후 한 가지 명확해진 것이 있습니다. 제가 점점 호모하빌리스가 되어가는 중입니다. 음악 감상, 서예, 배드민턴, 중국어 회화 그리고 그전에 배웠던 피아노 연주와 해동검도가 모두 분야는 다르지만, 한 번씩 같은 것을 느꼈던 적이 있습니다. 그것에 몰입하는 순간만큼은 저 자신을 잊어버리는 색다른 경험을 했습니다. 환상 속에서 호모하빌리스가 되어 신이 났습니다. 이제는 자신을 잊어버리는 것을 넘어, 자신을 기억해내는 것이 남았습니다.

어쩌면 부모님은 몸을 희생하면서까지 자식인 저에게 가르침을 주고 계십니다. 어머니 허리가 아프지 않으셨다면 제가 한의원에 갈 일도 없었을 것이고, 그랬다면 제가 클래식 음악의 세계에 발을 들여놓기가 쉽지 않았을 것입니다. 어머니의 아픔은 제 가슴을 아프게도 하지만, 이렇게 또 다른 배움의 기회가 되기도 합니다.

몸이 아프신 부모님은 제가 신이 나는 인생을 살 수 있게 스스로 도구가 되어 연주하고 계신지도 모른다는 생각이 듭니다. 부모님과 함께하는 삶이 계속해서 신이 났으면 좋겠습니다. 그리고 부모님과 함께하는 삶에서 신을 느꼈으면 합니다.

아빠하고 나하고

1.

빛의 3원색(빨강, 초록, 파랑)은 섞을수록 흰색에 가까워지고, 색의 3원색(다홍, 노랑, 청록)은 섞을수록 검은색에 가까워진다고 합니다. 아버지에 대한 제 감정의 빛깔이 흰색과 검은색을 수도 없이 넘나들며 희석되어 이제 투명에 가까워지고 있을 무렵, 아버지의 몸과 기억이 점점 화석처럼 굳어가고 있음을 알게 되었습니다.

이런 이야기가 떠오릅니다. 아기가 태어나서 성장이 시작되는 동안에 똥오줌을 가리는 것은 분명 큰 자랑거리입니다. 그리고 생의 마지막 시기에도 역시나 자랑거리라고 해도 좋을 만큼 똥오줌을 가리는 것이 중요하다는 것을 알게 되었습니다. 왜냐하면, 저는 지금 아버지 기저귀값을 벌어야만 하기 때문입니다. 아버지가 어린 저를 위해 기저귀값을 벌었던 것처럼….

2.

지난 일요일에는 친한 동생 부부가 임대받아서 활용하고 있는 경주시 산내면의 '우라분교'에 갔습니다. 운동장과 그 주변의 잡초를 제거하기 위해서 예초기 작업을 했습니다. 다음 주부터 분교에서 다시 시작하는 하반기 프로그램 '아빠하고 나하고' 행사를 위한 단장이었습니다. 오전 작업이 끝나고, 점심을 먹기 위해 화장실에서 손을 씻으려는데 의미심장한 문구가 눈에 들어왔습니다.

지금 주어지지 않은 답을 구하려 하지 마라. 자신도 알아차리지 못한 채 먼 어느 날 그 답을 살고 있으리라.

벼락을 맞은 듯한 강렬한 기운이 제 머리를 강타했습니다. 이상하게도, 우라분교를 떠나 집에 오는 동안에도 계속해서 이 구절이 제 머릿속을 맴돌고 있었습니다.

3.

수요일 밤 10시경, 평소처럼 일찍 잠자리에 들었던 저는 급하게 문을 두드리는 소리에 놀라 잠에서 깼습니다. 문을 열었더니 경찰관 두 분이 얼굴은 물론 몸 곳곳에 피멍이 보이는 아버지를 부축하고 서 있었습니다. 저는 순간적으로 그 이유를 짐작할 수가 있었습니다.

그날 저녁 어머니는 이웃 아주머니 댁에 놀러 가셨고, 저는 자정에 출근하기 위해 일찍 잠자리에 들어 자고 있었습니다. 아버지에게는 몰래 로또복권을 살 수 있는 절호의 기회가 찾아온 것이었습니다. 당시 아버지의 유일한 낙인 로또복권을 제가 매주 사다 드렸지만 늘 장수가 부족하다고 생각하시는 빛이 역력했는데, 걸음도 잘 걷지 못하시는 분이 몰래 혼자 사거리를 건너 로또복권을 사오다가 크게 넘어지신 것입니다.

4.

상황 파악을 마친 저는 마음 안에서 여러 감정이 뒤범벅되어 거칠게 분출하려는 것을 심호흡으로 다스리며 애써 억누르고 있었습니다. 그렇다고 복잡한 심경이 사라지는 것은 아니었습니다.

첫 번째 올라온 감정은 '화'였습니다. 파킨슨병으로 몸이 불편한 것도 모자라 아버지 생애 내내 그래왔듯이 제게 영향을 미칠 큰 사건이 또 벌어진 것입니다. 그와 동시에 올라온 감정은 '걱정'이었습니다. 몰골이 말이 아닌 아버지의 몹시 헐떡이는 숨소리와 시퍼렇게 멍든 얼굴을 보고 있자니 자연스레 '화'가 수그러질 수밖에 없었습니다. 얼마간의 시간이 흐르고 정신을 차렸을 때 올라온 감정은 '허탈'과 '아쉬움'이었습니다. 조금은 더 건강하게 오래 사실 것이라 철석같이 믿었기에 아버지의 양쪽 눈과 치아를 치료하는 중이었는데, 이렇게 갑작스러운 일이 벌어지니 참 허탈했습니다.

이런 심각한 상황에서도 그나마 제가 견딜 수 있었던 것은 어머니에게 갑작스럽게 찾아온 뇌경색과, 파킨슨병을 앓고 계신 아버지를 날마다 보살펴드리면서 내면 훈련이 되어 있었기 때문입니다.

5.

요즘 제 삶의 화두는 닐 도날드 월시의 『신과 나눈 이야기』 두 번째 책에서 이야기하는 두 단어 'REACTIVE(반응하는)'와 'CREATIVE(창조하는)'입니다. 단지 'C'자 하나만 움직였을 뿐인데도 그 의미는 전혀 다른 과정과 결과를 이끌어냅니다.

이제 아버지의 상황은 파킨슨병의 종착역이라 할 수 있는 치매와 함께 몸이 서서히 굳어져 스스로 움직임이 거의 불가능한 상태로 진행되고 있습니다. 부모님으로 인한 사건을 마주할 때마다 저는 그것을 창조하는 주체가 될지, 아니면 단지 주변인으로서 반응할지를 고민하곤 합니다. 아버지의 이번 사건에 저는 그리 심각해지지 않으려 합니다.

6.

큰 태풍이 오기 전이나 강한 지진이 일어나기 전에 항상 그 낌새를 알아차리는 동물들이 존재합니다. 이상하게 저 역시도 이번 사건이 일어나기 전에 그 낌새를 알아차린 것처럼 아버지와 몇 가지 추억을 반 박자 빠르게 실행했습니다. 항상 부모님에 관해서는 한두 박자 늦어서 나중에 많은 후회와 아쉬움이 남았었는데, 그나마 다행이라는 생각이 들었습니다.

최근 한 달 사이에 아버지와 네 편의 영화를 함께 관람했습니다. 아버지가 영화 보는 것을 좋아하셔서 1년에 대여섯 편의 영화를 함께 보러 가곤 했었는데, 이렇게 한 달 사이에 네 번이나 영화관을 간 것은 처음이었습니다. 돌이켜 생각해보니, 아버지가 정신이 온전하실 때 추억을 남길 수 있었기에 그나마 다행이라는 생각이 들었습니다. 그리고 영화를 보고 난 뒤에는 아버지가 좋아하시는 냉면, 갈비탕, 돼지국밥, 짬뽕 등을 맛있게 먹었습니다.

7.

누구에게나 가족의 역사가 존재하고, 저 역시도 아픈 가족사 안에서 성장했습니다. 싫든 좋든 한 가족으로 살아왔기에 그 테두리를 뛰어넘기는 만만한 문제가 아닌 것 같습니다. 제가 기억하는 아버지의 모습은 수 없는 사업 실패도 모자라 사기를 동시에 당하시는 분이셨습니다. 그리고 늘그막에는 스스로 성장했다고 믿는 저를 비롯한 다섯 이복 남매들에게 아버지로서의 책임을 다하지 못했다는 죄책감과 자괴감을 가지고 살았습니다.

마음과 몸이 관련 있다는 의학의 관점에서 아버지의 파킨슨병은 당연한 귀결일지도 모릅니다. 제가 기억하는 아버지는 '괜찮다'라는 말을 끊임없이 되풀이하시곤 했습니다. 전혀 괜찮지 않은 상황에서도 괜찮다는 아버지…. 파킨슨병의 원인이 되는 도파민 호르몬을 뇌에서 스스로 생산해내지 못한 것은 당연한 결과일지도 모릅니다.

8.

마지막으로, 독일의 시인 라이너 마리아 릴케의 말로 제가 희망하는 삶을 간절히 기도합니다.

"마음속에 풀리지 않는 모든 물음에 대해 인내하라. 물음 그 자체를 사랑하라. 지금 주어지지 않는 답을 구하지 말라. 지금 그대로 살 수 없는 답을. 중요한 것은 모든 것을 살아보는 것이다. 이제 그 물음 속에 살라. 그러면 서서히, 자신도 알아차리지 못한 채 먼 어느 날 그 답을 살고 있으리라."

부자

잠깐 한약재를 취급하는 약업사에서 일할 때, 뭐든 호기심이 강했던 저는 실장님에게 물었습니다.

"어~ 이름이 부자라는 한약재도 있네요?"

"예, 독성이 강한 한약재라 약으로 쓸 때 조절을 잘 해야 해요. 예전에는 강한 독성 때문에 한약 재료보다 사약의 재료로 사용했고, 독을 화살에 묻혀 무기로 사용하기도 했어요."

실장님의 대답에 저는 바로 맞장구를 쳤습니다.

"우리 사회의 부자富者들하고 똑같은 한약재네요. 부자들도 사회에 약이 될 때보다 독이 될 때가 더 많으니…."

며칠 전, 어머니의 단골 한의원 실장님으로부터 연락이 왔습니다. 한약재를 취급하는 약업사를 새로 시작하려 하는데, 틈틈이 오후 시간에 나와 도와달라는 부탁이었습니다. 이미 예전에 실장님이 약업사에 관한 이야기를 제게 말한 적이 있었기에 예상은 했습니다.

어머니는 제 몸이 너무 피곤할 것이라며 말리셨지만, 저는 어머니의 말을 듣지 않았습니다. 새벽에 하는 환경미화원 일과 함께하기에 육체적으로 무리가 있었지만, 한 푼이 아쉬웠던 저는 고민하지 않고 일을 하겠다고 했습니다. 얼마 전에 9,000만원 하는 아파트에 이사를 왔지만, 제 돈은 1,000만원이 전부였습니다. 나머지는 은행 대출과 지인 한 분 그리고 이복동생에게서 빌린 돈이라 심리적 압박감이 있었습니다.

결국 몸이 너무 피곤해 두 달 정도를 하고 그만두었지만, 수백 가지가 넘는 한약재를 포장하여 전국의 한의원에 보내면서 한약에 관해서 좋은 공부를 했습니다. 사실 '부자附子(오두의 뿌리를 건조해 만든 약재)'라는 한약을 처음 알았을 때, 가장 먼저 떠오른 것은 아버지와 저의 부자 관계에 관한 것이었습니다.

서울의 요양병원으로 거처를 옮기기 전까지 아버지는 거동이 불편해지셔서 기저귀를 차는 생활을 하셨습니다. 3개월 정도 기저귀를 차셨는데, 성인용 기저귀값이 만만치 않아 제가 집에 있을 때는 아버지의 소변을 작은 통에 받곤 했습니다. 아무리 자식이라지만 아버지로서는 아들이 주는 통에다 소변을 본다는 것이 부끄러울 수 있기에 저는 최대한 덤덤한 척하며 농담으로 아버지의 긴장을 풀어드렸습니다.

"역시 우리 아버지 고추 미남이시네요. 그래서 여자분들한테 그렇게 인기가 좋으셨나 봐요."

어이가 없으셨는지 아버지는 입가에 엷은 웃음을 내비치셨고, 어머니는 저를 꾸짖으셨지만 당시 제가 할 수 있는 것은 그렇게라도 아버지의 긴장을 풀어드리는 것 말고 다른 것은 생각할 수가 없었습니다. 뿐만 아니라, 제가 야간 일을 마치고 오면 가끔 아버지는 기저귀에 대변을 보셨고, 그럴 때면 많이 난감했습니다.

어린아이가 아닌 어른의 대변을 치운다는 것은 젊은 제게도 아주 힘이 들었습니다. 시야를 상실하신 어머니는 아무런 도움이 되지를 못했고, 저는 아버지를 거의 끌다시피 화장실로 모시고 가 온몸을 씻겨 드렸습니다. 이 시기는 제게 가장 힘들었고, 왜 우리 사회에 요양원이나 요양병원이 필요한지에 대해 절실히 깨달았습니다.

결국 저는 아버지가 스스로 할 수 있는 것이 거의 없을 무렵 서울의 이복동생에게 연락했고, 우리는 그전에 약속한 대로 아버지를 서울의 이복동생의 선배가 운영하는 요양병원으로 옮겼습니다. 제가 힘이 닿는 데까지 아버지를 모신다는 저 자신과의 약속을 더는 지킬 수가 없었습니다. 이젠 혼자 힘으로는 역부족이었습니다.

돌아보면, 사춘기 이후부터 아버지와 저의 관계는 독성이 강한 관계였습니다. 저는 아버지의 모든 것이 싫었습니다. 남들에게 아버지는 너무나 유순하고 좋은 분이셨지만, 제 눈에는 그것부터가 마음에 들지 않았습니다. 아버지도 미안한 것이 많았기에 단 한 번도 제가 아버지에게 혼이 나거나 맞은 기억이 없습니다. 오히려 수시로 아버지에게 버릇없이 대한 가해자는 저였습니다.

그렇게 20년 넘게 독성 강하게 이어져오던 부자 관계는 아버지의 파킨슨병과 어머니의 뇌경색으로 제가 두 분과 함께 살기 시작하면서 서서히 희석되기 시작했습니다. 그리고 아버지 혼자 힘으로는 할 수 있는 것이 없게 되어 집을 떠나게 되셨을 때, 비로소 우리 부자 관계에서 독성도 사라졌습니다. 그 이전에 제 결심만 있었으면 되었지만, 제 안의 분노와 화라는 독성이 너무 강했기에 부모님에게 찾아온 병과 장애가 역설적이게도 분노와 화의 해독제 역할을 했습니다. 아버지가 돌아가신 지금 많이 후회가 됩니다.

주변을 둘러보면 제 친구들을 비롯해 많은 가정에 부자 관계가 좋지 않은 분들이 있습니다. 이유가 무엇이든, 어떤 상처를 주었든 서로의 잘잘못을 떠나 내가 먼저 마음을 열고 다가가야 합니다. 나중에 저처럼 후회의 눈물을 흘리기보다는 아버지가 조금이라도 건강하실 때 관계를 회복하기를 간곡히 당부합니다. 지금 제 심정이며, 후회하는 저의 이야기입니다.

죽 이야기

"단골이라서 미리 말씀드리는데, 개인 사정이 있어 12월 9일 토요일까지만 영업해요!"

몸이 불편한 부모님을 환자로 돌보다보면 세상을 바라보는 폭이 좁아집니다. 이 세상에는 단지 두 종류의 사람만이 존재하고 있는 것처럼 생각되기도 합니다. 아픈 사람과 아프지 않은 사람, 건강한 사람과 건강하지 못한 사람, 스스로 대소변을 가리는 사람과 그렇지 못한 사람…. 때론 모든 것이 선과 악처럼 이분법적으로 보입니다.

이렇게 생각이 단순해지면서 일희일비하는 것이 일상이 되다보니, 결국 나중에는 우리 안에 갇혀 버리곤 했습니다. 언제나 그랬던 것처럼 아버지가 드실 죽을 사기 위해 집 근처 신정시장에 있는 '죽 이야기'라는 단골 죽집에 갔습니다. 예약한 죽을 받으려는데 주인아주머니는 제가 단골인 걸 알고 12월 9일까지만 영업한다는 이야기를 하셨습니다.

아버지의 건강 상태가 많이 나빠지셨기 때문에 그랬는지 몰라도 저는 아주머니의 이야기를 듣자마자 일종의 기시감을 느꼈습니다. 동시에 이런 생각이 머릿속을 스쳐 지나갔습니다.

'그럼 나도 9일까지만 아버지를 위한 죽을 사면 된다는 이야기인가?'

결론을 미리 말하면, 아버지는 12월 10일에 서울의 요양병원에 입원하셨고 저는 마지막 죽을 9일 오전에 샀습니다.

아버지는 지난여름에 크게 넘어짐과 동시에 건강이 많이 악화하셔서 기저귀를 찬 생활을 하셨고, 그로부터 3달이 조금 지난 11월 말부터는 혼자서 아무것도 할 수 없었습니다. 그 중간에 영화를 함께 보러 갈 정도로 건강이 잠깐 좋아지기도 하셨기에 걱정을 조금 덜기도 했지만, 파킨슨병에 더하여 알츠하이머(치매) 증상까지 함께 왔기에 시간은 더 이상 우리 편이 아니었습니다. 10여 년이 훨씬 넘은 파킨슨병으로 아버지의 운동기능은 거의 사라졌고, 얼마 전 함께 찾아온 알츠하이머병은 아버지의 기억을 점점 더 희미해지게 만들었습니다. 파킨슨병 환자의 약 3분의 1이 병의 마지막에 알츠하이머병을 복합적으로 앓게 된다고 합니다.

제가 성인이 되어 부모님과 함께 산 것은 어머니에게 뇌경색이 찾아온 2015년 이후부터이니 지극히 짧은 기간입니다. 하지만 그 기간 동안 많은 일이 있었으며, 또 그것들은 모두 두 분 건강과 관련되었기에 부모님을 떠올리면 두 분의 아픈 모습밖에 제 기억에 남아 있지 않습니다. 결국 12월 10일 이복동생의 선배가 운영하는 서울의 한 요양병원에 아버지를 모신 것이 제가 할 수 있는 최선이라는 것에 마음이 매우 쓰라리고 아팠습니다.

오늘 새벽에 제 마음처럼 꽁꽁 얼어 있는 쓰레기들을 치우며 일을 하는데, 문득 머릿속으로 아버지께 사다 드린 '죽'이 떠올랐습니다. 바깥 날씨는 한파가 몰려와 영하 11℃를 가리키는데, 역설적이게도 제 마음의 온도는 얼음이 녹으면 봄이 오듯 점점 영상으로 바뀌고 있는 것이 느껴졌습니다.

왜 그럴까요? 저는 아직 굴곡진 아버지의 생애를 이해할 준비가 되어 있지 않습니다. 아마 이해한다 하더라도 받아들일 수 있을지도 알 수가 없습니다. 단지 함께 살아온 짧은 순간만이 깊게 각인되어 있습니다. 열심히, 부지런히 죽을 사러 다니면서 느낀 단지 100일의 기간 동안 있었던 제 안의 감정 변화가 아버지의 생애를 이해하고 받아들이는 시작이자 끝인 것 같았습니다.

이제 제 나이 마흔을 넘어가니, 아버지의 생애 전체를 이해하는 것은 전혀 중요하지 않다는 것을 알 수 있었습니다. 때론 우리 안에 갇힌 삶을 사는 것이 중요하다는 것을 느낀 하루였습니다. 우리 안을 사는 것만이 훗날 우리 밖을 바라볼 수 있는 혜안을 키우는 지름길인 것 같습니다. 오랜만에 얼음이 녹고 봄이

찾아온 제 마음에 돋아난 파릇한 새싹들이 잘 자라기를 기도합
니다.

사미인곡

어제는 야간 일을 마치고 집으로 돌아오자마자 아침 일찍 어머니를 모시고 울산대병원에 다녀왔습니다. 한 달 전에 아버지가 서울 요양병원에 입원하시고 난 뒤 맞이하는 어머니의 첫 병원 진료였습니다. 9시 20분 신경과를 시작으로 9시 50분 내분비내과, 10시 40분 치과 진료로 이어졌습니다. 요즘 어머니는 울산대병원에서 4개 과의 진료를 보시는데, 안과는 다음 달에 예약이 되어 있습니다.

병원에서 어머니의 진료가 끝나기를 기다리며 앉아 연이어 하품을 하다가 뜬금없이 지금 제 직업인 '미화美化'란 단어의 정확한 뜻이 궁금해 찾아봤더니 '아름답게 꾸미다'란 뜻이 있습니다. '이야~ 내가 세상을 아름답게 꾸미는 사람이구나' 하고 혼잣말을 하며 웃었습니다. 세상을 아름답게 꾸밀 생각이나 의도는 전혀 없었지만, 그 뜻이 정말 마음에 들었습니다. 사실 제가 이 직업을 선택한 이유는 아픈 부모님을 돌보기 위해서는 야간 일이 제일 낫다는 단순한 이유 때문이었습니다.

오늘도 그렇습니다. 밤새워 일하고 아침에 퇴근해 어머니와 함께 병원을 다녀올 수 있었으니 얼마나 다행입니까. 하지만 낮과 밤이 바뀐 생활을 하는 제가 이렇게 낮에 병원에 다녀오는 날에는 거의 15시간을 뜬 눈으로 지내야 했기에 집에 돌아오자마자 잠에 곯아떨어졌습니다. 저녁이 되어서야 겨우 일어나 어머니 저녁 밥상을 차리는데, 안방에서 어머니 목소리가 들려왔습니다.

"이 몸 삼기실 제 님을 조차 삼기시니~"

어머니가 송강 정철의 〈사미인곡〉을 외우는 소리였습니다. 임에 대한 변함없는 사랑과 그리움을 이야기하는 〈사미인곡〉을 원문 그대로 외우고 계셨습니다. 저 멀리 서울의 요양병원으로 떠나신 아버지가 많이 그리우신 것 같았습니다. 앞으로의 본인 운명을 알기라도 한 것처럼 어머니는 학창시절부터 왠지 모르게 〈사미인곡〉이 좋아 스스로 외우셨다고 합니다. 아픈 몸이지만 그래도 늘 그 자리에 있던 아버지의 부재에 대한 허전함 때문인지 〈사미인곡〉이 더 애처롭게 들렸습니다.

"내가 너희 아버지 모시고 온 이곳에서 환자로 의사 선생님을 만날 줄은 꿈에도 생각 못 했는데….."

오전에 들른 병원에서 어머니가 말끝을 흐리신 것도 아마 그런 이유일 겁니다. 울산대병원 신관 2층에 자리한 신경과를 아버지는 11년 반 정도 다니셨습니다. 제가 집이 너무 싫어 타지생활을 하는 동안 어머니는 매번 아버지를 버스로 1시간 이상 걸리는 병원에 모시고 다니기를 8년 정도 하셨습니다(나머지 3년은 제가 모시고 다녔습니다). 8년 동안 병원 진료가 끝나면 두 분은 항상 의례라도 되는 것처럼 두 분 만의 외식을 하시곤 했습니다.

신경과 진료를 기다리는 어머니의 눈에 눈물이 맺혀 있습니다. 운명의 장난처럼, 아버지가 진료를 받던 같은 장소에서 어머니도 진료를 받고 계십니다. 다만 이제는 버스가 아니라 아들의 차를 타고 다니며, 담당 주치의만 다를 뿐입니다. 진료가 끝나면 저는 예전 두 분이 그랬던 것처럼 어머니를 모시고 가 둘만의 외식을 하곤 합니다.

시간

1.

어머니의 상태가 심상치 않아 119에 연락해 구급차로 울산대병원 응급실로 갔습니다. 응급실에 도착해서 여러 가지 검사를 하고 결과를 기다리는 동안 속이 바짝 타들어가지만 시간은 정말 더디게 흐릅니다.

다행히도 요로감염이었는데, 어머니가 느끼신 고통은 뇌경색이 찾아온 날보다 훨씬 더 컸습니다. 뇌경색이 찾아온 그날은 모순적이게도 어머니가 육체적으로 느끼는 고통은 전혀 없었습니다. 정말 큰 병은 고통 없이 조용히 찾아오는 것 같습니다.

2.

어머니가 응급실에 실려 가면서 제 삶의 모든 시간이 2015년 어머니에게 뇌경색이 찾아온 날처럼 멈추고 말았습니다. 하지만 같은 '멈춤'이지만 이번에는 대처를 달리했습니다.

예전 어머니가 뇌경색으로 인해 눈으로 볼 수 있는 가시범위를 거의 잃으셨을 때 저는 곧바로 경주에서 다니던 회사를 그만두고 부모님이 계신 울산으로 삶의 터전을 옮겼습니다. 그런데 이번에는 일단 회사에 이야기해서 15개 남은 연차를 최대한 쓰기로 했습니다. 주중 점심시간에 짬을 내어 3시간 동안 하던 분식집 배달 아르바이트를 그만두었고, 주말 오후에 하던 현대자동차 2공장 아르바이트를 한동안은 못 할 것이라고 연락드렸습니다.

저의 시간을 이렇게 정리하는 데는 그리 오랜 시간이 걸리지 않았습니다. 감사하게도 모든 분이 제 사정을 이해하시고 받아주셨습니다. 이제 또 다른 새로운 시간에 들어선 기분입니다.

3.

파킨슨병을 앓고 계신 아버지의 상황이 아주 좋지 않아 이복동생의 선배가 운영하는 서울의 요양병원에 입원시킨 것이 불과 두 달 반 전의 일입니다. 그런데 이제 어머니가 울산대병원 감염내과에 입원하시니 마음이 착잡했습니다.

제가 힘들 때마다 의지하고 도움을 구하는 사촌누나에게 답답한 심정을 메시지로 보냈습니다. 누나의 답장도 제 심정과 같았습니다.

"형진이 너한테 왜 자꾸 이런 일이 생기는지….."

사촌누나가 가톨릭 신자이기에 저는 가톨릭에서 사용하는 언어로 답장을 했습니다.

"화도 나지만, 하느님이 더 성장하라고 기회를 주시는 것 같네."

제 속마음을 들여다본 것 같은 누나의 대답이 이어집니다.

"이제 그만 성장해도 되겠구먼….."

4.

사는 일이 별반 다를 게 없이 다 비슷하다지만, 유독 제게는 많은 사건이 끊임없이 일어났던 것 같습니다. 그럴 때마다 저는 사촌누나의 영향 덕분에 성경책의 한 구절을 되뇌곤 합니다.

'그래, 신은 내가 견딜 수 있는 만큼의 시련과 고통을 주실 뿐이야.'

제가 할 수 있는 최선의 해석은 이미 일어난 이 모든 것들이 저를 위한 '성장'이라는 것이었습니다. 곧 지나갈 이 시간이 제게 주는 의미는 뭘까 곱씹어 보는 것만이 어려움에 처한 제가 할 수 있는 방어기제였습니다.

5.

시간은 우주 최초의 사건이라 일컫는 '빅뱅'이 일어날 때부터 시작되었고, 그리스 사람들은 이 추상적인 개념을 신화로 표현했습니다. 그리스어로 시간을 의미하는 단어로는 '크로노스'와 '카이로스'가 있습니다.

이 두 단어에는 대조적인 의미가 있습니다. '크로노스'는 일상적으로 흘러가는 객관적인 시간을 의미하며, '카이로스'는 자신의 운명을 바꿀 수 있는 주관적인 시간을 의미합니다. 결국 '카이로스'의 시간은 저에게만 허락된 소중한 기회를 의미합니다.

물리학적 공식에 따르면 시간은 속도와 거리에 좌우됩니다. 저에게 물리학적 '빅뱅'을 안겨주신 아버지와 어머니는 제가 삶과 적절한 거리를 유지할 수 있게 제 삶의 속도를 조절해주시는 것 같습니다.

6.

오랜 가뭄 끝에 반가운 봄을 알리는 비가 촉촉이 내리는 이 밤, 어머니를 간병하느라 함께 병실에서 지내는 저는 쉽게 잠들 수가 없습니다. 제 인생의 가뭄엔 언제 봄비가 적셔줄까요….

줄탁동시 啐啄同時

지난 9월 6일, 저는 3번째로 서울의 요양병원에 입원해 계신 아버지를 뵙고 오는 길입니다. 서울역에서 ktx를 타고 울산으로 내려오는 길에 문득 '알' 이야기가 떠올랐습니다. 이제 줄탁동시 啐啄同時(병아리가 알에서 나오기 위해서는 새끼와 어미 닭이 안팎에서 서로 쪼아야 한다는 뜻으로, 서로 합심하여 일이 잘 이루어지는 것을 비유하는 말)라는 말의 의미를 조금은 알 것 같았습니다. 제가 제 안의 '알'을 깨고 스스로 나올 수 있게 아버지와 어머니는 온몸으로 도와주고 계신 중이라는 것을….

제 안의 알을 완전히 깨고 빛을 볼 날을 기다리며 이야기를 시작합니다. 10여 년을 파킨슨병을 앓아 오신 아버지는 지난겨울에 건강 악화로 서울에 사는 이복동생의 선배가 운영하는 요양병원에 입원하셨습니다. 아버지를 서울에 모셔드리며 이복동생에게 마치 인수인계하듯이 하고 내려왔기에 마음 안에는 아쉬움이 가득했지만, 한편으로는 마음이 놓였습니다.

이복동생의 성품을 아버지께 익히 들어서 잘 알고 있었고, 현실적으로 지금의 제 능력으로는 어머니의 병원비와 아버지의 요양병원비 두 가지를 감당하기에는 역부족이었습니다. 뇌경색뿐 아니라 여러 가지로 건강이 좋지 않으신 어머니의 병원비도 만만치 않게 들어가기 때문에 아버지의 갑작스러운 건강 악화는 제게 심한 압박감 그 이상을 주었습니다.

당시 서울에 사는 이복형제들로부터 이제는 본인들이 아버지를 모신다는 연락이 없었다면 아마도 제 삶은 전보다 훨씬 힘든 늪에 빠져 들어 허우적거리거나, 아니면 수습하지 못하고 손을 놓아버렸을지도 모릅니다. 순조롭게 끝나지는 않았을 것입니다. 아픈 부모님을 모시는 동안 저는 항상 이 두려움을 마음 한 쪽에 간직한 채 살았습니다.

아버지를 서울로 모신 후, 어머니의 건강은 계속 좋지 않으시다가 급기야 올 2월 말에는 울산대병원 응급실에 실려가 열흘을 입원하시고 퇴원했습니다. 몸이 약하니 아버지를 향한 마음만 생기를 더할 뿐 체력은 바닥을 헤매었고, 단골 한의원에서 지어온 보약을 드시고 약간의 기운을 회복하신 상태에서 아버지가 계신 서울의 요양병원으로 향했습니다. 4개월 만에 아버지를 뵙게 된 어머니는 하염없이 눈물을 흘리셨습니다.

"형진이 아버지, 우리가 자기 버린 것 아니에요. 제 건강이 너무 좋지 않아 이제야 찾아왔어요. 나도 울산대병원에 입원했었고, 협착증이 심해져 수술을 해야 할지도 몰라요. 너무 섭섭해하거나 서럽게 생각하지 마세요. 항상 자기는 내 마음속에 있었어요. 내 말 알아들었으면 손 꽉 잡아주세요!"

어머니는 계속해서 같은 말을 반복하시며 눈물을 쏟으셨습니다. 어머니의 잘 보이지 않는 눈에도 뼈밖에 남지 않게 된 아버지의 몸은 앞날을 기약할 수 없게 느껴지시나 봅니다. 그것이 지난 3월의 일입니다.

저는 그동안 어머니와 함께 간 3월에 이어 6월과 9월까지 3번 아버지를 면회했습니다. 이 3번의 아버지를 방문했던 시간은 그때마다 제게 생각할 질문들을 던져주었습니다.

"삶이란 도대체 뭘까? 우리 부모님은 왜 내게 이런 모습을 보여주실까? 난 앞으로 어떻게 살아야 할까?"

군 제대 후 20대 초반부터 제 인생에서 제 삶은 없었습니다. 항상 부모님이 먼저였고, 쫄딱 망하신 부모님을 위한 일이라는 명분으로 그동안 안 해본 일이 없습니다. 밥을 굶어가면서도 하루에 두세 가지 일을 하는 것은 습관이 되었고, 그렇게 물불 가리지 않고 40여 가지의 일을 경험했습니다.

그런데 세월이 많이 흐른 뒤, 어느 날 알게 되었습니다. 저는 그냥 제게 주어진 제 삶을 사는 것일 뿐이었습니다. 부모님 때문이 아니라, 오히려 부모님 덕분이었습니다. 오랫동안 갇혀 있던 저의 알을 깨기 위해서 끊임없는 갈등과 화가 밀려왔습니다. 그런 제가 갇혀 있던 세계에서 깨어나게 해주려고, 깨우쳐 주려고 줄탁동시啐啄同時처럼 부모님은 제게 병으로 몸소 보여주신 것입니다. 몸을 희생하면서까지 자식을 온전히 깨닫게 해줄 수 있는 이는 부모님밖에 없는 것 같습니다.

생각 상想

추석을 사흘 앞둔 금요일 오후에 제 핸드폰의 진동이 울렸습니다. 평소에는 연락하지 않는 서울의 이복동생 이름이 핸드폰 액정화면에 선명하게 비쳤습니다. 순간적으로 놀람과 동시에 기시감 즉 동시성을 느꼈습니다. 바로 직전 배운 중국어 단어 때문이었습니다. 아버지의 성함 이상열李相烈과 발음이 같은 중국어 '相xiāng(씨앙; 1성으로 읽으면 '서로, 다른'이란 뜻이며, 3성으로 읽으면 '하고 싶다, 생각하다, 그리워하다'는 뜻이다)'을 배우며 아버지 생각을 하고 있었는데, 거의 동시에 전화가 왔습니다. 학원에서 1:1로 수업하는 중이었기에 선생님께 양해를 구하고, 6시에 끝마치는 수업을 그 자리에서 마쳤습니다. 요양병원에 계신 아버지가 위독하다는 전화였습니다. 결론부터 미리 말하면 다행히 아버지는 고비를 잘 넘기셨습니다.

저녁에는 6개월 만에 매주 화요일에 하는 클래식 음악 감상수업을 들으러 갔습니다. 예전과는 다르게 좀 더 마음 편하게 음악 감상을 할 수 있었습니다. 대형 화면에는 20세기 러시아 음악을 대표하는 드미트리 쇼스타코비치의 재즈 모음곡 2번이 베를린 필하모닉 오케스트라에 의해 연주되고 있었습니다. 불과 6개월 전만 해도 저는 음악을 외우려고 기를 쓰고 귀를 쫑긋하곤 했었는데, 이번에는 달랐습니다. 음악은 외우는 것이 아니었습니다. 인생이 외우는 것이 아니듯 말입니다.

아버지가 서울의 요양병원에 입원하신 지 11개월이 다 되어 갑니다. 그동안 제 삶에도 변화가 있었으니 주로 물질적 변화였습니다. 지난 6월 21일, 연중 낮이 가장 길다는 하지에는 제 인생의 '낮'은 그와 달리 가장 짧은 '낮'처럼 순식간에 지나갔습니다. 생각지도 않게 자동차가 바뀌었습니다. 경제 사정이 좋지 않게 된 지인이 자동차를 중고차업체에 팔러 갔는데, 터무니없는 가격에 매입하려 해서 결국 그 차는 제 소유가 되었습니다. 4년밖에 타지 않은 좋은 차를 제가 타게 될 줄은 전혀 예상하지 못했기에 꿈을 꾸는 것 같았습니다.

아버지 생신이 이틀 지난 9월 6일에는 어머니를 모시고 요양병원에 계신 아버지를 뵈러 서울에 갔습니다. 요양병원 근처 직장에서 근무하는 이복동생과 시간이 맞아 점심을 함께 하면서 이런저런 대화를 나눌 수 있었습니다. 그로부터 사흘 뒤인 일요일 오후에 이복동생으로부터 메시지 한 통을 받았습니다.

저는 메시지를 읽자마자 너무나 고마웠고, 한편으로는 많이 놀랐습니다. 사실 이복동생과는 작년에 태어나 처음 만난 사이였는데도 불구하고, 메시지의 내용은 함께 자란 친형제라도 해주기 힘든 조언이었습니다. 지금 사는 월세를 한 푼이라도 아끼라며 제게 임대주택을 한 번 알아보라고 했습니다. 자기가 지금 모은 돈은 없지만, 은행에서 신용대출을 4천만원 정도 본인 명의로 받아줄 테니 10년 원리금 상환으로 갚아도 된다는 내용이었습니다.

전혀 예상하지 못했던 이복동생의 제안에 저는 꿈을 꾸는 듯한 기분이었습니다. 그 꿈을 현실로 만들기 위해 여러 방면으로 알아보니 평생 무주택자로 산 제가 받을 수 있는 대출금리가 생각보다 많이 저렴하다는 것을 알았습니다. 왜 이제야 이걸 알았을까 하는 자책도 있었지만, 불과 얼마 전까지만 해도 아프신 부모님을 모시며 하루하루 살기에도 급급해 이런 쪽으로 알아볼 마음의 여유가 전혀 없었던 것입니다.

제가 워낙 가진 돈이 없었기에 그렇게 대출을 받고도 모자라는 돈 1,200만원을 이복동생에게 빌려 9,000만원 하는 아파트를 전세로 구할 수 있었습니다. 그 과정 중에 당장의 계약금조차 없어 애태웠는데, 평소 저의 사정을 안타까워하던 지인분이 자신의 일인 듯 정기예금을 해약해서 빌려주는 고마운 일이 있었습니다.

정말 꿈만 같은 일이 제게 일어났습니다. 계약 후 며칠 동안은 흥분해서 잠을 제대로 이루지 못했습니다. 비록 오래되고 낡은 아파트였지만, 지난번 살던 집보다 두 배는 더 넓었습니다. 거실도 있어 집 밖 출입을 하지 못해 집에서만 계속 지내야 하는 어머니의 답답함이 조금이나마 해소되는 것 같아 기뻤습니다.

부동산중개소에서 계약서를 작성하고 집으로 돌아오는 길에 아버지가 떠올랐습니다. 지금 이 순간 가장 기뻐하실 분은 요양병원에 계신 아버지라는 생각이 들었습니다. 아버지를 조금 더 좋은 환경에서 모시지 못한 것이 많이 아쉬웠습니다.

"부모가 살았을 때 효자는 많이 없어도, 부모가 죽고 나면 모두가 효자다."

어머니가 가끔 하시는 말씀이 떠올랐습니다. 결국 함께 살 때 잘하는 것이 최선인데 그렇지 못한 것 같아 마음이 아팠습니다. 2주 전에도 위험한 고비를 넘기신 아버지이시기에 남은 삶은 그리 길어 보이지 않습니다. 무엇보다 이제 울산의 집에서는 함께할 수가 없습니다.

오케스트라의 환상적인 연주가 한 사람만으로 이루어질 수 없듯이 인생도 마찬가지로 협연을 거쳐야 비로소 환상적인 삶이 될 수가 있습니다. 알게 모르게 도와주시는 모든 분들께 고마운 마음을 갖고 있지만, 특히 이번에 집을 옮기는데 도움을 준 두 분의 은혜는 평생 잊지 못할 것 같습니다.

필요한 것은 작은 기적뿐

어머니를 모시고 3개월 만에 울산대병원 안과에 다녀왔습니다. 그런데 병원 내 인사이동이 있었는지 낯선 간호사 선생님 두 분이 계셨습니다. 지난 3년 반 동안 정기적으로 어머니가 진료를 받아왔기에 안과 간호사 선생님들은 안면이 있어 잘 알고 있었는데, 오늘은 처음 뵙는 분이었습니다. 그래서 그런지는 몰라도 간호사 선생님은 0.7을 시작으로 어머니의 시력을 테스트하기 시작했습니다. 어머니 바로 뒤에서 지켜보던 저는 살며시 한마디 말을 던졌습니다.

"너무 높게 잡으신 것 같은데요?"

그제야 간호사 선생님은 어머니의 환자 기록철을 확인하고 0.1을 시작점으로 바꾸었습니다. 그리고 잠시 후 작은 기적이 일어났고, 저와 간호사 선생님은 둘 다 무척 놀랐습니다. 어머니의 오른쪽 눈의 시력은 0.1로 변함이 없었지만, 왼쪽 눈의 시력이 0.5로 나타나 지난 검사 때보다 0.3이나 더 좋아지셨습니다.

　도저히 믿기지 않았습니다. 곰곰이 생각하니 그동안 시력이 좋아졌다는 한두 가지 징후는 있었지만, 그냥 그러려니 하고 넘겨버렸던 것 같습니다. 물론 이것이 어머니 눈이 『심청전』에서 눈을 뜬 심 봉사처럼 바로 세상을 환하게 볼 수 있다는 의미는 아닙니다.

　보통사람이라면 시력이 0.1 정도만 되어도 안경으로 시력을 교정하여 생활하는데 크게 지장이 없겠지만, 어머니의 눈은 시력이 아니라 시야가 문제입니다. 보통 우리가 보는 두 눈이 커튼을 활짝 열어 놓고 사물을 바라본다면, 시야를 상실하신 어머니는 커튼에 작은 구멍이 하나 뚫린 채로 세상을 바라보는 것과 마찬가지이기에 혼자서는 집 밖으로 나갈 수도 없습니다.

　그렇지만 3개월 전까지만 해도 어머니의 눈을 풍전등화, 즉 바람 앞의 촛불과 비교하며 언제 꺼질지 모른다고 하셨던 담당 교수님도 무척 고무적인 일이라며 앞으로 지켜보자는 이야기를 해주셨습니다.

　어머니가 시야를 잃은 3년 반 전부터 우리 집 안방에는 항상 불이 켜져 있습니다. 그렇게라도 해놓아야 그나마 어머니의 눈이 빛을 조금이라도 인지하고 생활하기 때문입니다. 오늘 검사에서 시력이 0.3이나 좋아지셨지만, 앞으로도 우리 집 안방의 불은 항상 켜져 있을 것입니다.

'어쩌면 어머니와 나에게 필요한 것은 큰 기적이 아닐지도….'

3년 반 만에 찾아온 작은 기적이 희망이라는 씨앗을 우리 가족에게 심어주었습니다. 진료를 마치고 집으로 돌아오는 차 안에서 희망적인 생각들이 연이어 올라왔습니다. 물론 내일도 어머니는 식사하시다가 반찬을 흘려 양념을 옷에 묻히고, 바로 앞의 장애물을 보지 못해 넘어지실 지도 모릅니다. 이제는 일상이 되어버린 이런 일들 덕분에 어머니를 보살펴야 하는 제 시야는 더 넓어져야만 합니다.

파킨슨병을 앓고 있는 아버지에 더해, 어머니에게 뇌경색이 찾아와 두 눈의 시야를 거의 상실했다는 것을 알았을 때에는 세상에 너무나 화가 나서 미칠 지경이었습니다. 그런데 이 상처들이 세월이라는 약을 통해 서서히 아물어가는 동안 깨닫게 된 것들이 있습니다. 부모님에게 일어난 일들이 결국 저를 성장시키기 위한 아픈 성장통과도 같은 것이라는 생각입니다. 숨은그림찾기와 같은 삶에서 무엇을 찾고 기억하게 될지는 모르지만, 제게 필요한 것이 작은 기적뿐이라는 것을 잘 알기에 오늘도 기도합니다.

얼마 전 제게 또 다른 기적이 찾아왔으니, 비록 낡고 오래된 아파트이지만 전에 살던 집보다 두 배나 넓은 집으로 이사를 했습니다. 이삿짐을 정리하는데 거의 한 달이나 걸려 오늘에서야 정리가 끝났습니다. 드디어 제대로 된 제 방 겸 서재가 생겼습니다. 그곳에서 이 글을 써내려가며 저는 전혀 다른 에너지를 느낍니다.

아버지의 이야기

1.

지난 12월 19일에 올해 네 번째로 아버지가 계신 요양병원을 찾았습니다. 3, 6, 9, 12월. 의도치는 않았지만 마치 약속이나 한 듯 3개월 단위로 요양병원에 계신 아버지를 뵈러 갔습니다. 아프신 어머니를 모시고 대중교통을 이용해 서울에 올라간다는 것이 쉬운 일이 아니었습니다. 그리고 어머니가 아버지를 뵙고 오실 때마다 아버지에 대한 그리움이 너무 컸기에 어머니의 몸 상태가 더 나빠지시곤 했습니다. 어머니를 생각하니 아버지를 뵈러 가는 것에 조금 주저함이 있었습니다.

2.

서울에서 아버지를 뵙고 밤늦게 울산의 집에 도착했습니다. 화장실 세면대 거울 속의 눈과 제 눈이 마주치자 갑자기 하염없이 눈물이 쏟아지기 시작했습니다. 거울을 보는 순간 마지막 인사 때의 아버지 눈빛이 겹쳐졌던 것입니다. 지난번 뵈러 갔을 때보다 더 야윈 몸 때문에 가슴이 무척 아팠기에 저도 모르게 고장난 수도꼭지처럼 눈물이 멈출 줄 모릅니다. 제 마음도 고장이 나버린 것 같습니다. 그런 제 마음을 어머니에게 전했습니다.

"엄마! 이제 나 한 달에 한 번씩 아버지 뵈러 혼자 갈게!"

3.

크리스마스인 오늘 새벽은 공휴일이라 그런지 음식물 쓰레기를 내놓은 사람이 평소보다 적었습니다. 제가 하는 음식물 쓰레기 수거 일은 공휴일에도 쉬지를 않습니다. 하루를 쉬면 다음날 치워야 하는 쓰레기 양이 두 배가 넘기에 휴일에도 일하는 편이 다음날을 위해서 좋고, 특근을 하면 경제적으로 도움이 됩니다.

요즘 저는 1t 포터를 혼자 타고 다니며 남창이란 지역에서 음식물 쓰레기를 중점적으로 수거합니다. 원래는 2명이 더 넓은 지역을 맡아 일했었는데, 얼마 전에 일하는 방식이 바뀌어 혼자서 일을 합니다. 덕분에 잠시 짬을 내어 라디오를 집중해서 듣거나 사색하는 시간을 갖기도 합니다.

크리스마스인 오늘이 그랬습니다. 일하는 중 여유시간이 생겨 스마트폰으로 요즘 다시 읽고 있는 책『모리와 함께한 화요일』의 영화 동영상을 잠깐 봤습니다. 영화 속 모리 선생님은 그냥 다른 사람의 이야기를 들어주고 있었습니다. 이 장면을 보고 한 가지 사실을 깨달았습니다.

'아~ 난 아버지의 이야기를 들은 적도, 들어보려고 했던 적도 없었구나! 단지 내 이야기만 했구나! 참 어리석었다!'

4.

그때 라디오에서 이런 이야기가 흘러나왔습니다.

"메리 크리스마스의 어원을 아시나요?"

초대된 손님의 질문에 라디오 진행자는 대답을 제대로 하지 못했고, 갑자기 저는 크리스마스의 어원을 검색하기 시작했습니다. 모든 단어에 어원이 존재하며, 단어의 어원을 찾는 것은 제 취미이기도 합니다.

크리스마스는 영어로 그리스도Christ의 미사mass를 의미하며, 메리 크리스마스는 찰스 디킨스의 소설 『크리스마스 캐럴』에서 사용되면서 널리 퍼지게 되었다는 이야기가 라디오에서 뒤이어 흘러나왔습니다.

"아~ 나의 어원이 아버지인 것을….""

저도 모르게 혼잣말을 했습니다.

5.

어머니는 척추협착증이 심해져서 걷는 것이 점점 힘들어지고 있습니다. 어머니 역시도 당분간은 아버지를 뵈러 올라가기가 힘들 것 같다고 이야기하십니다. 어쩌면 지금까지 저와 함께 올라간 것만 해도 대단한 일이었습니다. 오죽하면 지난번에는 아버지가 그 다리로 어떻게 올라왔냐며 되물어 보시기까지 하셨습니다.

제가 빨리 수술을 하자고 했지만, 어머니는 수술이 두려워 차일피일 미루기만 하십니다. 오늘 일하는 중에 문득 '어머니의 척추까지도 제게 아버지와 둘만의 시간을 가지라는 기회를 주는 것은 아닐까?' 하는 생각이 들었습니다

6.

처음으로 어머니를 남겨두고 혼자 아버지를 뵈러 가기 위해 내년(2019년) 1월 5일 토요일의 ktx 기차표를 예매했습니다. 아버지를 뵙고 온 지 거의 보름 만입니다. 문득 20대에 읽었던 『모리와 함께한 화요일』이란 책을 떠올리고 다시 읽고 싶은 생각에 책장을 찾아보았지만, 책이 보이지가 않아서 바로 새 책 한 권을 주문해서 다 읽었습니다. 이번에 아버지를 뵙고 와서 '아버지와 함께한 토요일'이란 이야기를 써야겠다고 생각했습니다.

이제는 제 이야기 말고 아버지의 이야기가 듣고 싶어졌습니다. 물론 알고 있습니다. 아버지가 말씀을 많이 하실 수 없다는 것을…. 하지만 이번에 서울에 가서 아버지의 눈빛을 바라보며,

아버지의 영혼이 무엇을 이야기하려 하는지 듣고 싶습니다. 쇠퇴한 육체와는 달리 아버지의 영혼은 분명 빛나고 있을 것입니다.

아버지와 함께한 토요일

1.

내일은 서울로 아버지를 뵈러 가는 날입니다. 금요일 심야에
저는 도심지의 외곽으로 음식물 쓰레기를 수거하러 가면서 즐겨
듣던 라디오 프로에 귀를 기울이고 있었습니다. 초대 손님이 시
를 소개하는 차례였고, 김언 시인의 '지금'이라는 시가 흘러나왔
습니다. 처음 알게 된 시와 시인이었지만, "지금 말하라"라는 시
의 첫 구절을 듣자마자 그동안 느끼지 못했던 중고 포터의 엔진
소리가 소음처럼 들리며 거슬리기 시작했습니다. 즉시 차를 세
웠습니다. 지금 엔진을 꺼야 할 순간이라는 것을 본능적으로 알
았습니다.

"지금 말하라, 나중에 말하면 달라진다. 예전에 말하던 것도 달라진다.
지금 말하라. 지금 무엇을 말하는지. 어떻게 말하고 왜 말하는지. 이유

도 경위도 없는 지금을 말하라. 지금은 기준이다. 지금이 변하고 있다. 변하기 전에 말하라. 변하면서 말하고 변한 다음에도 말하라. 지금을 말하라. 지금이 아니면 지금이라도 말하라. 지나가기 전에 말하라. 한 순간이라도 말하라. 지금은 변한다. 지금이 절대적이다. 그것을 말하라. 지금이 되어버린 지금이. 지금이 될 수 없는 지금을 말하라. 지금이 그 순간이다. 지금은 이 순간이다. 그것을 말하라. 지금 말하라."

한 글자 한 글자가 잠시 후에 ktx를 타고 처음으로 혼자 서울에 올라가게 될 제게 들려주는 메시지라고 느껴졌습니다.

2.

자정 무렵부터 다음날 오전 6시 30분까지 제게 할당된 지역의 음식물 쓰레기 수거를 마치고 집으로 왔습니다. 기차 출발 시각은 8시 44분. 조금이라도 경비를 아끼기 위해 수원을 거쳐서 서울로 가는 표를 예매했습니다. 물론 여기에는 또 다른 이유도 있었으니 기차에서 조금이라도 휴식을 취하며 잠을 자기 위해서였습니다.

밤샘 작업을 마치고 쉬지도 못한 채 바로 기차를 탔기에 당연히 자리에 앉자마자 졸음이 몰려오면서 깊은 잠에 빠져 들었습니다. 그런데 불과 10분도 지나지 않아 깜짝 놀라 깨어났습니다. 열차가 순간적으로 조금 덜컹거렸는데, 이 순간 저는 제가 졸음

운전을 하고 있다는 착각과 함께 비명이 나오려던 것을 간신히 참았습니다. 대신 온몸이 실제로 일어난 일인 것처럼 부들부들 떨렸습니다.

정신이 들고 나서야 상황 판단이 되었고, 제가 졸음운전이 아닌 기차를 타고 있다는 것을 인지할 수 있었습니다. 식은땀이 흐를 정도로 너무나 놀랐기에 더 이상 잠이 오지 않았습니다. 정신을 추스르니 문득 아직도 20대 후반에 일어났던 과거의 기억(충격)에서 벗어나지 못한 저 자신을 발견했습니다.

20대 후반 처음으로 전 재산을 털어 중고 자동차를 샀지만, 한 달이 조금 지났을 무렵 사고로 그 중고차를 폐차한 기억이 올라왔습니다. 주야 2교대를 하는 자동차부품 공장의 야간 일을 마치고 퇴근하던 중에 졸음운전으로 가드 레일(보호 난간)을 들이받으면서 자동차의 앞부분은 형체를 알아볼 수 없게 부서졌습니다. 그보다 심각했던 것은 차로 10분 거리의 집 앞이라 안전띠를 하지 않았던 탓에 가슴이 운전대에 부딪히면서 갈비뼈 10개가 금이 가고, 눈썹 바로 위쪽 이마와 머리에서 피가 흘러내렸습니다. 자동차 앞유리 파편 수십 개가 그곳에 박혔던 것입니다(눈에 박히지 않은 것은 정말 천운이었습니다). 그런데 그 사고 덕분에 제 삶의 방향이 많이 바뀌게 되었습니다.

3.

지난번까지만 해도 서울의 요양병원에 입원해 계신 아버지를 뵈러 올 때면, 저를 포함해서 어머니와 어머니의 지인분이 동행해 항상 세 명이 함께했습니다. 눈이 제대로 보이지 않고 몸까지 불편하신 어머니를 저 혼자 감당하기에는 힘이 들었기 때문입니다. 그런데 이번에는 기차에서 내리자마자, 뭔가 가벼운 마음이 들었습니다. 그 이유를 바로 알 수 있었습니다. 혼자만 행동해도 된다는 것이 정말 홀가분했습니다.

하지만 아버지가 계신 요양병원의 입구에 도착했을 때는 잠시 머뭇거렸습니다. 저답지 않게 많이 긴장되었습니다.

4.

당연히 저의 방문을 모르고 계셨던 아버지는 저를 보고 많이 놀라셨습니다. 가난한 집 장남으로 태어나 80여 년을 좀처럼 표현을 하지 않으신 아버지이기에, 그리고 지금은 표현하고 싶어도 건강 때문에 대화가 힘드신 아버지이지만 분명 기뻐하고 계신다는 것을 알기란 쉬웠습니다. 도착하자마자 어머니의 신신부탁을 실행에 옮겼습니다. 스마트폰의 이어폰을 아버지 귀에 꽂고 동영상에 찍힌 어머니를 보여드렸습니다. 아버지는 눈물을 보이셨습니다. 그리고 3달 전에 새로 이사한 아파트를 화면으로 보여드리며 약간의 부연 설명을 곁들였습니다. 모든 과정이 끝나고 들려온 아버지의 희미한 목소리는 저를 놀라게 했습니다.

"얼마 집인데, 전셋돈은⋯."

"9,000만원 하는 전셋집인데, 제 돈은 1,000만원 들어가 있어요. 6,300만원은 대출받고, 이복동생이 1,200만원 빌려주었고요, 또 다른 분이 도와줬어요!"

이복동생이 도움을 주었다는 것을 꼭 말씀드리고 싶었습니다. 제가 이복동생과 잘 지내고 있다는 것에 아버지도 매우 기쁘실 것이고, 아버지의 마음속 한을 조금이라도 풀어드리고 싶었습니다.

본인의 몸도 제대로 가누지 못해 대소변을 누군가의 도움 없이는 처리할 수 없는 상황에서도 또렷한 정신으로 돈을 걱정하시는 아버지의 모습이 고맙기도 하고, 안쓰럽기도 했습니다. 아버지는 돈을 이야기하셨지만, 그것이 저를 향한 사랑임을 잘 알기에 마음이 아팠습니다.

5.

울산에서 준비해간 딸기와 요구르트를 드신 아버지는 피곤하신 듯 다시 눕고 싶다는 표정을 보이셨습니다. 이런저런 이야기를 많이 나누고 싶었지만, 기력이 쇠약해 돌아오는 목소리는 잘 들리지 않았습니다. 오랜 파킨슨병으로 목소리가 잘 나오지 않으셨고, 특히 말할 상대가 없었기에 입술이 점점 굳어지시는 것 같았습니다. 일방적으로 저의 이야기가 이어질 뿐입니다. 아버지의 손을 잡고 이야기를 나누면서 이해가 되면 손을 꼭 잡아달라고 하니 다행히도 악력이 꽤 남아 있으셔서 의사표시는 가능했습니다. 아쉬웠던 것은 약의 영향 때문인지 때론 저를 알아보시지 못하시고, 다른 이복형제로 착각하시기도 하셨습니다. 피곤해하시는 아버지가 잠이 드신 사이 늦은 점심을 먹으러 병원을 나왔는데, 시계를 보니 벌써 오후 3시가 다 되어갑니다.

6.

혼자 늦은 점심을 먹으며 습관적으로 스마트폰 화면을 넘기며 들여다보지만 집중이 되지 않습니다. 저와 함께하면서도 아버지는 제 눈을 단 한 번도 똑바로 바라보지 못하셨습니다. 사실 저는 이것이 무엇을 의미하는지 알고 있습니다. 제가 집으로 돌아온 2015년 5월 이래 울산의 집에서 함께 사실 때도 아버지가 제 눈을 똑바로 바라보며 이야기를 나눈 기억이 없습니다. 제 모든 고생이 아버지 때문이라는 자책감에 더해 저의 부정적인 마음과 반항심의 찌꺼기가 남아 있었기에 불편한 동거를 하고 있었던 것입니다.

이제는 괜찮다고 여러 번 말씀드렸지만, 아버지의 지금은 변하지 않았습니다. 저의 지금에는 작은 균열들이 이미 오래 전부터 시작되었지만, 아버지는 혼자 힘으로는 아무것도 할 수 없는 지금도 변함이 없으신 것 같아 마음이 너무 아팠습니다.

7.

여전히 제 눈을 똑바로 바라보지 못하시는 아버지께 울산으로 내려오기 전에 무겁게 짓누르고 있던 제 마음을 털어놓았습니다.

"아버지! 아니 아빠! 아빠는 아빠 삶을 잘 사셨어요! 이제 더이상 그 누구에게도 미안해하실 필요 없어요! 그냥 삶이 그런 거예요! 다른 이복 남매들 그리고 저 모두한테 미안해하지 않으셔도 돼요! 이제야 알게 되었어요. 가장 힘들었던 분이 아버지란 것을⋯."

아버지의 눈가에는 눈물이 맺혔고, 아버지의 잘 나오지 않는 목소리에서는 여전히 같은 소리가 들렸습니다.

"미안하다⋯."

8.

아버지를 뵙기 위해 서울로 올라오면서 기차에서 악몽을 꾼후, 지금의 많은 부분이 과거 '지금'의 기억들이란 생각이 들었습니다. 결국 제가 과거에서 벗어나는 방법은 온전히 지금을 사는것 이외에는 다른 것이 없다는 것도 알게 되었습니다. 과거 제기억 속의 아버지와 지금 제 앞에 계신 아버지는 달라진 것이 없습니다. 다만 저의 지금의 기억들이 지금 달라지고 있을 뿐입니다. 세상에는 우리에게 보이는 빛보다 보이지 않은 빛이 더 많은 것처럼….

9.

"아버지! 저 매주 토요일마다 서울에 올라올까요?"

아버지는 잘되지 않는 입술을 움직이려고 노력하셨지만, 여의치 않았습니다. 파킨슨병의 마지막 단계이기도 하고, 주변에 대화할 분들이 없어 말하는 법을 잊으신 것 같기도 했습니다. 끊임없이 나오려고 하는 가래도 입술을 힘겹게 떼려하시는 아버지에게 도움이 되지를 않았습니다. 그때 저는 아버지의 오른손을 봤습니다. 손가락으로 만든 브이V 표시가 선명하게 보였습니다.

"예! 알겠어요! 제가 꼭 약속드릴게요! 한 달에 두 번 서울에 올라올게요! 다음번에는 미안하다는 말 대신 사랑한다고 말해주세요! 사랑해요! 아버지!"

더 멀리 보는 법

요즘 들어 제가 더 멀리, 더 높이 보는 법을 배우고 있다는 생각이 들었습니다. 지난 8월 휴가 때의 2박 3일, 그리고 이번 추석 직전 1박 2일을 아버지가 계신 요양병원에서 함께 보내며 여러 가지 것들을 느끼고 있습니다. 시간에 쫓기어 당일치기로 올라와서 그날 바로 내려갈 때와는 달리 요양병원 근처에 숙소를 잡고 이삼 일을 출퇴근하며 아버지와 함께 시간을 보낸 후부터 세상을 바라보는 제 시야가 많이 달라졌습니다. 그동안 삶에 쫓기듯이 바쁘게 살아왔던 저는 정적인 요양병원에서 시간 여유를 갖고 아버지 곁에 있으면서 낯선 경험을 하고 있습니다. 물론 요양병원에서 일하시는 분들에게는 치열한 동적 삶이란 것을 잘 알고 있습니다.

아버지 바로 옆에 누워 계시는 어르신은 1935년생으로 아버지보다 4살이 많으십니다. 그런데 저를 볼 때마다 항상 하시는 말씀은 똑같습니다.

"아저씨, 사탕 좀 꺼내주세요!"

처음 몇 번은 어르신이 시키는 대로 사탕을 꺼내드렸지만, 어르신이 당뇨가 심해 발이 곪아가고 있다는 것을 알고 난 후부터는 이런 대답으로 어르신의 부탁을 거절하곤 했습니다.

"어르신, 요양사분들에게 물어보고 드릴 게요! 어르신 때문에 저 쫓겨나게 생겼어요! 요양사분들이 어르신 사탕 드리면 저 쫓아낼 거라 그러시던데요!"

얼마 전부터는 더 이상 사탕을 달라는 이야기를 하지 않으시지만, 그 사이에 제법 친해졌다고 생각하셨는지 이제는 제게 부탁의 말을 걸어오십니다.

"아저씨! 02-○○○○-××××로 전화 좀 걸어주세요! 그리고 우리 마누라 바꿔주세요!"

저는 어르신 바로 옆에서 몇 번이나 전화를 걸었고, 매번 없는 전화번호라는 대답이 흘러나왔지만 어르신이 믿지를 않으셔서 스피커폰으로 확인을 하니 그제야 믿으시는 눈치셨습니다. 그리고 곧이어 혼잣말을 하십니다.

"추석인데 애들이 곧 오겠지…. 우리 형제는 8남매인데, 반은 미국에 가 있어! 내 셋째동생이 제사를 지내. 우리 남매들은 아직 다 살아 있어!"

어르신은 자랑거리가 있는 어린아이처럼 쉼 없이 제게 이런저런 이야기를 하셨습니다. 그때 요양보호사 한 분이 다가오셔서 어르신을 제지하셨습니다.

"멀리 울산에서 오셔서 피곤하실 텐데, 말 그만 시키세요!"

제가 괜찮다고 했지만, 요양보호사분의 이어지는 말은 감정이라곤 없이 메말라 있습니다.

"더 받아주시면 한이 없다니까요!"

비록 빈말이었겠지만 한 인생의 생을 향한 뜨거움을 무시하고 억눌러버리는 현실에 연민의 감정을 느끼며 다시 인간적인 따뜻함을 호소해봅니다.

"한이 많으셔서 저렇게 이야기가 하고 싶으신 것 같은데요!"

요양보호사분의 속마음은 저와 이런 실랑이를 하는 것이 귀찮았을 테지만, 얼굴에 엷은 미소를 띠며 밖으로 나가셨습니다.

아버지의 대각선 맞은편에 계시는 어르신은 아버지보다 4살이 더 많으십니다. 이 분은 해병대 중대장으로 전역하셨는데, 그때의 기억이 아주 강하셨는지 매번 볼 때마다 군에서 있었던 일들에 관해 이야기하십니다. 200명이나 되는 병력을 자신의 통제 속에 관리했다는 것이 무척이나 자랑스러우신지 50여 년 전의 이야기가 어제 일인 듯 감회에 젖어 말씀하십니다. 이분의 말씀역시 요양보호사분께 같은 제재를 받으시곤 합니다.

"어르신! 멀리서 오신 분이에요! 피곤하실 텐데 그만 말 거세요!"

그리고 이번에도 빠뜨리지 않고 제게 한마디 하십니다.

"한도 끝도 없이 이야기가 나오니, 다 받아주지 마세요!"

지겹도록 반복되는 환자들의 의미 없는 말들에 대처해야 하는 요양보호사분들의 어려움도 이해되지 않는 것은 아니지만, 한 인생이 이렇게 삭막하게 저물어가도 되는가 하는 생각에 느꺼움이 짙어집니다.

아버지 맞은편에 계시는 어르신은 아버지보다 한참 어린 일흔세 살입니다. 4년 넘게 입원을 하고 계시다는데, 아버지가 있는 병실에서 가장 오래 입원하신 어르신입니다. 그런데 아무리 보아도 특별히 아프거나 불편한 곳이 없으신 것 같았지만, 차마 여쭈어볼 수가 없었습니다. 그런데 어르신의 신세한탄으로 제 궁금증이 풀렸습니다.

"나는 아픈 곳은 크게 없는데, 집에 혼자 있으면 밥은 안 먹고 매일 술만 마셔서 아이들이 날 입원시켰지! 아이들도 일해야 하는데, 맨날 술만 마시니 걱정이 되어…. 집도 바로 저기 건너편 아파트야!"

아버지가 입원하신 병실은 여덟 분이 입원하실 수 있는 병상인데, 제가 한 달에 한두 번 올라갈 때마다 가끔 자리가 비어 있었습니다. 안타깝게도 상황이 좋지 않으셔서 돌아가신 경우가 대부분이었습니다. 저는 당일치기가 아니라 이틀이나 사흘을 아버지 곁에 머물러 있을 때는 과일이나 음료수 등을 넉넉히 사갑니다. 조금이나마 서로 나눠 먹어야겠다는 생각을 당일치기로 다녀올 때는 차마 생각지 못했습니다. 부끄러운 이야기이지만, 사실 우리 아버지 챙기기에만 급급했습니다. 그런데 이삼 일을 머물면서 병실 안에서 시간을 보내며 늦게나마 깨닫게 됩니다.

'다른 어르신들도 또 다른 우리 아버지 모습이구나….'

이제는 요양보호사분들이 그분들의 말을 들어주기 시작하면 한도 끝도 없다고 이야기하시면 저는 이렇게 말합니다.

"이번에는 제가 먼저 말을 걸었습니다! 괜찮습니다! 어르신 이야기가 재미있는데요!"

파킨슨병으로 대화를 나누고 싶어도 말하기가 힘드신 우리 아버지를 대신해서 또 다른 아버지의 이야기를 듣는다고 생각하니 반복되는 어르신들의 말씀에 공감이 가기도 했습니다.

'우리 아버지처럼 참 많은 한이 있는 삶을 사신 것 같네요….'

아버지 덕분에 이렇게 요양병원에 머물면서 일에 매몰된 채 살아온 제 삶을 잠시나마 멈추고 돌아볼 수 있는 시간을 보낼 수 있었습니다. 하지만 요양병원에서 일하시는 분들이 또 다른 저의 모습이란 것을 깨닫기까지는 얼마간의 시간이 필요했습니다.

환경미화원으로 각종 쓰레기를 치우는 직업을 가진 저의 이야기이기도 하지만, 우리 사회의 부정적인 시선이 남아있는 환경에서 긍정적인 마음을 가지고 일한다는 것이 그리 쉬운 일은 아닐 것입니다. 그렇지만 아버지가 계신 요양병원의 요양보호사분들이 일하시는 모습을 보며, 제 생각이 잘못되었다는 것을 깨달았습니다. 한 분 한 분 모두에게 정성의 손길로 돌봐주시는 모습에 저절로 고개가 숙여졌습니다.

때마침 명절 무렵이었기에, 어머니와 저를 대신해 최선을 다해 우리 아버지와 또 다른 부모님을 보살펴 주시는 요양보호사 분들과 병실을 청소해주시는 아주머니께 저는 조그마한 선물을 해드렸습니다. 제 마음 안에서 우러나는 깊은 감사를 전해드리고 싶었습니다.

아버지가 요양병원에 입원하신 지도 벌써 2년이 다 되어 갑니다. 울산과 서울을 오가는 그 시간 동안, 그리고 아버지 곁에서 함께 머무는 이삼일 동안 더 넓은 시선으로 세상을 바라볼 수 있게 되었습니다. 부모님이란 존재는 항상 그러신 것 같습니다. 자식들에게 더 멀리, 더 높게 볼 수 있는 기회를 주시는 것 같습니다.

박쥐와 나 그리고 우리

아버지가 계신 서울의 요양병원에 가기 위해 1월 31일 ktx 기차표를 예매하고, 병원 근처의 모텔 예약까지 마쳤습니다. 금요일 오전에 울산을 출발해 일요일 오후에 내려오는 일정입니다. 울산과 서울의 거리가 만만치 않고, 어머니도 보살펴야 하기에 그동안은 병원 근처에 숙소를 잡고 한 달에 한 번, 2박 3일을 아버지 곁에서 함께 했습니다.

그런데 올해 초부터 들려온 코로나19 바이러스 뉴스가 점차 심상치 않은 분위기로 바뀌는가 싶더니 설이 지나면서 서울에서도 환자가 발생하기 시작했습니다(2020년 1월 30일 세계보건기구는 국제공중보건 비상사태를 선포했고, 3월 11일 팬데믹을 선포했습니다). 저는 많이 고민하다가 이번에는 한 번 건너뛰고 다음에 잠잠해지기를 기다렸다가 가야겠다고 생각하고 예약해 놓은 모든 일정을 취소했습니다.

지금 돌이켜보니, 그때 서울에 아버지를 뵈러 가지 못한 것이 정말 평생에 걸쳐 후회가 될 줄은 상상도 못했습니다. 결과적으로 작년(2019년) 12월 말에 요양병원을 찾았던 것이 살아생전 아버지를 뵙게 된 마지막 모습이었습니다. 코로나19 바이러스로 인한 상황은 점점 더 심각해져 요양병원 방문이 전면 금지되었고, 결국 9월 말 장례식의 입관식에서 생을 달리한 아버지를 뵐 수 있었습니다.

　　제가 1월에 아버지가 계신 요양병원 방문 일정을 변경할 때만 해도 코로나19 바이러스가 팬데믹(세계적 대유행)이 될 정도로 이렇게 길어질지는 전혀 예상할 수 없었습니다. 당시 모든 일정을 취소하고 난 뒤, 어머니랑 TV 뉴스를 보는데, 코로나19 바이러스를 일으키는 가장 유력한 용의자로 박쥐를 언급하는 이야기가 계속 흘러나왔습니다. 요양병원에 홀로 계신 아버지를 뵙지 못하게 가로막은 범인 박쥐가 미워지기 시작했습니다.

　　코로나19 바이러스에 관련된 뉴스와 기사들이 연일 쏟아져 나오니 당연히 이 괴물 같은 바이러스에 대한 궁금증이 생겨나기 시작했고, 저는 관련 책을 여러 권 구매해서 읽기 시작했습니다. 책을 읽으면서 질병에도 역사성이 있다는 과학자들의 말에 공감했고, 질병과 역사 그 중심에는 반드시 인간이 중요한 역할을 하고 있었습니다. 잠시나마 박쥐를 오해한 저를 뒤돌아봤습니다.

사회생물학자 에드워드 윌슨은 생명이 멸종하는 이유를 다섯 가지로 정리해서 히포H.I.P.P.O라는 말을 만들었습니다. 영어의 약자인데 그 뜻은 다음과 같습니다. Habitats(서식지), Invasives(침입), Population(인구), Pollution(오염), Overexploitation(과도한 착취). 결국 지구상의 생명 멸종에 가장 큰 영향을 미치는 것은 우리 자신이며, 박쥐로 인해 야기된 것처럼 보이는 코로나19 바이러스의 주범도 우리 인간들입니다.

지극히 개인적인 이야기이지만, 어제 오후부터 쓰기 시작한 글을 마무리 짓기 위해 아침 일찍 노트북을 켰습니다. 얼마간의 시간이 지났는지 부엌에서 들려오는 어머니의 인기척 소리를 듣고, 어머니의 아침 식사를 차려드렸습니다. 글 쓰는 흐름을 유지하기 위해 빨리 움직이는 중에 문득 떠오르는 생각이 있었습니다. 인간이 지금과 같은 행태를 유지한다면 어느 순간 이런 평온한 아침을 맞이할 수도 없을 것이란 생각에 섬뜩했습니다. 사실 저는 이미 경험했습니다. 코로나19 바이러스로 인해 요양병원에 계신 아버지를 아홉 달 넘게 뵙지 못하다가, 결국 입관식이 아버지의 마지막 모습이 되고 말았습니다.

46억 년 지구의 역사에서 인간이 존재감을 나타내기 시작한 것은 불과 얼마 전부터인데, 어느 날부터 우리가 주인 행세를 하고 있습니다. 우리는 단지 다음 세대에게 지구 그대로를 물려주어야 할 전세를 사는 세입자에 불과합니다. 인간은 단지 지구라는 숙주에 공생(기생)하는 생물종 중의 하나일 뿐입니다. 코로나 19로 인해 제가 본 아버지의 마지막 모습이 아버지의 입관식이 었던 것처럼, 지구에서 더는 살아있는 인간의 모습을 볼 수 없게 될까봐 두렵습니다.

집으로, 홈인하다

1.

2020년 9월 28일 월요일 오후 2시경 아버지의 화장이 끝났습니다. 이 시간 이후부터는 장례 업무를 맡아 주도한 이복형제들 대신 제가 다시 아버지의 보호자가 된다는 생각에 여러 가지 감정들이 올라왔습니다. 아버지의 장례가 치러지는 사흘 동안의 시간은 제게도 그리 쉬운 시간이 아니었습니다. 이제 마지막으로, 상주가 되어 이복형제들과 작별 인사를 하고 울산의 집으로 출발했습니다.

인천시립승화원에서 고속도로 진입로로 가는 길의 초반부는 그리 좋은 도로가 아니었고, 저는 행여나 조수석에 안전띠를 매고 함께 떠나는 아버지의 유골함이 넘어지지는 않을까 하는 걱정에 오른손으로 아버지 유골함을 떠받치며 운전을 했습니다.

그런데 유골함에 손을 대자마자 전혀 예상치 못한 느낌이 전해져 깜짝 놀랐습니다. 유골함이 사람의 체온이라도 되는 듯 따뜻해 순간적으로 신비로운 느낌을 받았습니다.

'아~ 이것이 이야기의 끝이 아닌 새로운 시작일지도….'

방금 화장이 끝난 유골이 들어있는 유골함이었기에 온기가 남아 있음은 당연하였습니다. 한참 동안 왼손으로만 운전할 수밖에 없었습니다. 아버지의 온기를 조금이나마 더 간직하고 싶은 마음에 늦더위 날씨였지만, 에어컨도 끄고 운전했습니다. 서서히 식어가는 유골함의 온기가 너무나 마음 아프고 서운했습니다.

2.

"태어나자마자 아이들은 왜 큰 소리로 우는가? 바보들만 사는 덩그런 무대 위로 나왔기 때문이다."

셰익스피어의 『리어왕』에 나오는 대사입니다. 그런데 저의 이야기는 셰익스피어의 이야기와 사뭇 다릅니다. 저는 아버지의 영향으로 인해 앞으로의 제 삶이 녹록치 않으리라는 것을 알고 있었기에 큰 소리로 울었습니다.

3.

9월 26일 토요일 새벽 1시 3분에 저는 방금 아버지가 돌아가셨다는 전화를 받았습니다. 이복 남매들이 아버지의 임종을 함께했다고 합니다. 아버지가 이번 주말을 넘기기 힘들 것 같다는 이야기를 목요일 저녁에 연락받았었기에 저는 마음의 준비를 하고 있었습니다.

저는 어머니와 예전에 상의했던 것처럼, 상주 역할은 하지 않겠다고 이복형제들에게 말했습니다. 2년 10개월 전, 아버지를 서울의 요양병원으로 모셨을 때 이미 이복동생에게도 말했던 내용입니다. 이복형제들과 저의 삶은 전혀 달랐고, 무엇보다 저의 존재가 그들에게 피해를 주면 안 된다는 생각 때문이었습니다.

저의 말에 이복형제들이 상관없다며 함께 아버지를 모시자고 했지만 저 스스로가 사양했습니다. 하지만 서운함에 더해 한편으로는 마음이 착잡했습니다.

4.

토요일 오후 2시가 넘어 울산에서 아버지가 모셔진 인천의 장례식장으로 출발했습니다. 새벽에 전화를 받고 어머니를 달래드린다고 잠을 설친 데다 이것저것 준비하다보니 늦었습니다. 울산의 집에서 인천의 장례식장까지의 거리는 400km, 아버지의 삶만큼이나 제게는 멀게 느껴지는 거리였습니다. 장거리 운전 경험이 없었던 제게는 제 인생의 가장 긴 운전이기도 했습니다.

오후 8시 30분경 빈소로 들어가 아버지께 인사를 올렸습니다. 이상하게도 눈물이 나지가 않았습니다. 요양병원에 계신 2년 10

개월 동안 아버지를 뵈러 갈 때마다 마음속으로 많이 울어서 그런지 더는 나올 눈물이 없는 것 같았습니다. 2시간 정도 장례식장에 앉아 있다가 근처 예약한 모텔에 들어가 잠을 잤습니다.

5.

다음날 아침 아버지께 잠깐 인사를 드리고, 근처의 홈플러스로 향했습니다. 홈플러스 안에 알라딘 중고서점이 있었기에 그곳에서 시간을 보내면 되겠다는 계산을 했습니다. 그런데 하필이면 그날이 대형마트 의무 휴무일이라 제가 계획했던 시나리오는 보기 좋게 사라졌습니다.

조금 당황스럽기는 했지만, 이내 근처에 차를 주차하고 하염없이 걷기 시작했습니다. 그러다 문득 순대국밥집이 제 눈에 띄었고, 자석에 이끌리듯 들어가서 '특'으로 한 그릇 주문했습니다. 아버지랑 마지막으로 밖에서 외식한 메뉴가 순대국밥이었고, 단 한 번도 '특'을 주문해 드린 적이 없다는 생각이 떠올랐습니다.

'내가 지금 아버지랑 장례식장에 함께 있지 않아도 나는 나만의 장례식을 치르는 중이야….'

이어 영화를 떠올렸고, 스마트폰을 켜고 근처 영화관을 검색했습니다. 걸어서 10분 거리에 영화관이 있었습니다. 예약한 영화를 보러 들어가기 전에 큰 팝콘을 하나 샀습니다. 아버지가 영화를 좋아하셔서 울산에서 함께 살 때 영화관에는 자주 갔지만, 팝콘은 딱 한 번밖에 사드릴 수가 없었습니다. 처음 사드렸을 때 잘 드셨기에 다음번에 또 사드리려고 했는데, 아버지는 팝콘값이 5,000원 한다는 이야기를 들으신 후에 갑자기 팝콘이 맛이 없고 몸에 좋지 않다며 드시기를 거부하셨습니다. 지금 생각하니 이것도 많은 후회가 됐습니다.

당연히 영화에 집중할 수가 없었고, 영화가 시작되자마자 곧 잠이 들었습니다. 어제의 여독이 풀리지 않은 탓도 있겠지만, 이것저것 신경 쓰이는 일들로 심신이 너무나 피곤했던 것입니다. 그리고 코로나19로 인해 관객이 저를 포함해 세 명밖에 없었기에 잠을 자기에도 괜찮았습니다.

영화가 끝나고 근처 공원에서 시간을 보내다 아버지의 입관식이 있는 오후 4시에 다시 장례식장으로 무거운 발걸음을 옮겼습니다. 아버지의 입관 모습을 보니 갑자기 참아왔던 눈물이 홍수가 난 것처럼 쏟아지기 시작했습니다. 육신으로 뵐 수 있는 마지막 모습이라니 마음이 너무 아팠습니다.

6.

장례 사흘째 되는 날, 일정이 지연되면서 예상보다 2시간 늦게 아버지의 화장이 끝났습니다. 덕분에 그 늦춰진 시간은 제게 아주 소중한 시간이 되었습니다. 그리고 이런 시간을 갖게 해주신 아버지가 고마웠습니다. 그 시간 동안 태어나 처음으로 다른 이복형제들과도 이런저런 대화를 할 수 있었습니다. 기분이 묘했습니다. 아버지에 대한 우리의 기억은 비슷했지만, 또 각자 다른 관점의 이야기를 간직하고 있었습니다.

7.

아버지의 유골을 울산으로 모시기 위해 인천에서 서둘러 출발했지만 울산에 너무 늦게 도착하는 바람에 아버지는 집에서 하룻밤을 함께 보내야 했습니다. 아버지를 모시기로 한 울산하늘공원은 마지막 봉안시간이 오후 4시에 끝났기에 다음날로 예약을 잡았습니다.

아버지가 새로 이사한 집을 행여나 낯설어하실까 봐 천천히 보여드렸습니다. 제 방에 들어가서는 엄청나게 불어난 책을 보여드리며 자랑했습니다. 아버지와 함께 살 때도 우리 집은 제 책으로 도배가 되었고, 지금 두 배나 넓은 집으로 이사를 왔지만, 제 책은 이미 어머니의 안방까지 점령했습니다.

무엇보다 늦게 내려온 덕분에 인천 장례식장에서 함께하지 못한 어머니의 마음도 다소나마 달래 드릴 수 있었습니다. 제게는 이 모든 시간이 완벽한 시간이었습니다.

8.

지금 고백하건대, 저는 아버지가 올해를 넘기지 못할지도 모른다는 기시감을 얼마 전부터 느꼈습니다. 제 주변에 일어나는 상황들이 제가 이런 기시감을 느끼도록 했습니다. 7월 초에 '당근마켓'이라는 사이트를 알게 되었고, 인터넷으로 구매하는 책들보다 훨씬 저렴한 책들이 많았기에 하루에 몇 번이고 들어가 책을 훑어보았습니다. 그리고 책을 사러 갔다 부동산 중개업을 하시는 한 분을 만나게 되었습니다. 언론계에 40년을 종사하시다 은퇴해서 지금은 부동산 중개업을 하신다는 그분과 첫 만남에서 서로의 이야기는 길어졌고, 결국 중고책을 사러 갔다가 저는 그동안 제가 쓴 글을 보여드렸습니다. 그분은 제가 쓴 이야기들이 지금 당장 책으로 출판해도 되겠다는 격려와 함께 작가 한 분을 소개해주셨습니다.

이처럼 전혀 예상하지 못한 방향으로 선한 만남이 이어지는 동안에도 저는 여전히 제 글을 책으로 만든다는 것에 대해 주저했습니다. 아직은 제가 쓴 글이 미흡하다는 생각이었지만, 어쩌면 이 이야기들을 세상에 보여주기가 시기상조라는 생각이 들었기 때문입니다.

하지만 아버지의 부고 소식을 듣고 지난 이야기 중 일부를 정리해 책으로 내는 결심을 하게 되었습니다. 물론 제가 쓴 글은 저와 부모님, 즉 한 가족의 작은 이야기에 지나지 않지만 어쩌면 저와 비슷한 경험을 하는 분들에게 조금이나마 위로와 도움을 줄 수 있다면 그 이상 제가 바라는 것은 없습니다.

철학자 니체는 '철학은 망치로 한다'고 했습니다. 철학을 하려
면 그동안 자신이 가지고 있던 인식 체계를 때려 부수는 것으로
시작해야 한다는 의미입니다. 아버지의 파킨슨병과 어머니의 뇌
경색은 그동안 집을 떠나 살아왔던 제 삶의 인식 체계를 시원하
게 때려 부순 고마운 망치였습니다.

삶을 분갈이하다

어머니를 남겨두고 집을 떠난 지 사흘 만에 저는 아버지의 유골을 모시고 집에 도착했습니다. 다행히 어머니는 지인 아주머니가 보살펴 주셔서 괜찮은 편이셨고, 저는 아버지의 유골을 어머니 방에 모셔두었습니다.

그리고 오랜만에 집을 둘러보다가 놀랐습니다. 키우고 있던 '철골소심鐵骨素心(잎은 철사처럼 단단하고 강하여 철골이라 불리지만, 티 없이 맑은 하얀 꽃이 핀다고 하여 소심이라 불린다. 백리천향이라고 불릴 만큼 진하고 향기로운 꽃을 피운다)' 난에 꽃이 피어 있었습니다. 원래 난에 꽃이 피기가 쉽지 않은데 벌써 올해만 두 번째이고, 그것도 아버지 장례식 무렵에 핀 꽃이라 기분이 묘했습니다.

그런데 난 잎의 끝부분이 마른 것이 보였고, 괜스레 마음이 쓰였습니다. 차일피일 미루다 오늘 꽃집에 난을 보여드리기 위해 갔습니다.

"이 정도면 꽤 잘 키운 거네, 그냥 분갈이만 해주면 되겠네!"

혹시나 아픈 것은 아닌지 걱정했지만, 다행이었습니다.

"분갈이요? 그럼 난 상태는 괜찮다는 이야기인가요?"

"그래, 분갈이만 하면 돼! 내가 내일 다른 화분에다 분갈이해 놓을게 오후에 찾으러 와!"

사실 저는 몇 해 전만 해도 살아있는 식물에는 별 관심이 없었습니다. 그런데 이번에는 달랐습니다. 아버지와 함께 있을 때부터 키우던 난이라 그런지 저도 모르게 집착하는 것 같았습니다.

5년 전 어머니가 뇌경색 치료를 마치고 퇴원해 집으로 돌아왔을 때, 어머니는 키우던 식물들을 제일 먼저 걱정했었고, 저는 그 상황에서 화분 걱정을 하는 어머니를 보며 어이없어 했습니다. 하지만 결국 모든 화분은 시야를 상실한 어머니 대신 제 몫이 되었고, 그때부터 살아있는 식물에도 저는 관심을 두기 시작했습니다.

저의 화분 관리는 그리 오래 가지 않았습니다. 화분을 관리한 지 2년 반 후, 아버지는 건강상태가 악화하여 서울의 요양병원으로 옮기게 되고, 10개월 후에 우리 집도 이사를 하게 되었습니다. 어머니와 상의 후 3개의 화분을 제외한 나머지 화분을 어머니 지인분께 모두 드렸습니다.

이제 집에는 3개의 화분만 남았고, 저는 이상하리만큼 이 3개의 화분이 우리 세 가족이라도 된 것처럼 애지중지했습니다.

"근데 동양의 난은 무관심 속에서 잘 자란다고 하던데, 정말 그런가요?"

"글쎄, 들어본 것 같기도 하고…, 그런 것 같네. 근데 왜?"

"아니에요, 그냥 문득 생각이 나서요!"

꽃집을 나와 집으로 향하는 길에 문득 방금 들은 '분갈이'라는 단어가 선명하게 떠올랐습니다. 꼭 지금의 저에게 전하는 메시지인 것 같다는 생각이 들었습니다. '분갈이'의 정확한 의미를 알기 위해 검색을 했습니다.

초보자들은 대부분 분갈이를 두려워하는 경향이 있다. 그러나 난은 생명력이 강하기 때문에 분갈이를 두려워할 필요가 없다. 오랫동안 분갈이하지 않은 화분은 통풍이 나쁘고 물이 고인 채로 흘러나가지 않아 뿌리가 썩어 식물이 잘 성장하지 못하거나 고사할 수 있다. 따라서 일정한 때가 되면 분갈이를 하여 식물이 잘 자랄 수 있도록 해야 한다.

부모님과 함께 키운 난이었기에 꼭 제게 말을 거는 것 같았습니다. 이제 부모님과 함께한 제 삶을 분갈이할 때가 되었다는 이야기 같았습니다. 지난 18년 동안 저는 두려운 감정을 품은 상태에서 많은 이야기를 적었고, 그 중 부모님과 관련된 이야기가 많습니다. 어쩌면 그렇게 저는 지금 제 삶을 분갈이하는 중입니다.

식물은 단순하면서도 복잡한 진화과정을 거쳐 오늘에 이르렀습니다. 지구환경과 다른 생물과의 복합적인 상호작용으로 양치식물, 겉씨식물, 속씨식물로 진화의 단계를 거쳤습니다. 저 역시도 마찬가지입니다. 그동안 제 삶에 너무 몰입해 있었습니다. 제 삶이 진화하려면 난을 분갈이하는 것처럼 이제 부모님으로부터 제 삶도 분갈이해야겠습니다.

그동안은 제 삶이 흘러가는 대로 무관심을 견지해야 했지만, 현실은 그렇지 못한 경우가 대다수였습니다. 특히 감정적인 면에서 더 그랬습니다. 다소 아픔이 있더라도, 제 모든 이야기 안에 들어있던 두려운 감정을 통풍이 잘되는 사랑의 감정으로 분갈이해야겠습니다.

삶의 악보, 삶의 쉼표

아버지가 돌아가신 지 한 달이 되어갈 무렵, 서울의 이복동생에게서 연락이 왔습니다. 조만간 법무사를 통해 상속포기를 준비할 예정이니 필요한 서류를 보내 달라는 이야기였습니다. 아버지를 서울의 요양병원으로 모시고 난 뒤, 이미 한 차례 이것에 관한 이야기를 한 적이 있었지만, 막상 현실이 되니 마음이 착잡했습니다.

무거운 발걸음으로 필요한 서류를 발급받으려고 주민센터로 갔습니다. 그리고 상속 포기를 위한 여러 장의 서류를 발급받아 등기로 보내고 난 뒤, 한동안 마음이 울적해 제가 좋아하는 피아니스트의 유튜버 동영상을 보다가 작은 깨달음을 얻었습니다. 우리나라 나이로 25살, 비교적 어린 나이지만 세계적 피아니스트로 성장 중인 윤아인이 또래의 피아노 전공 대학생을 가르치는 동영상입니다. 헝가리 출신의 피아니스트 리스트의 〈타란텔

라〉를 가르치는 동영상인데, 연주하기가 어렵기로 유명한 곡입
니다.

〈타란텔라〉는 이탈리아에서 사람들이 잔치할 때 즐기는 춤을
위한 곡입니다. 비슷한 또래, 같은 피아노에서 나오는 연주가 너
무나 다른 느낌이 나서 꼭 우리 삶과 같다는 생각이 들었습니다.
약 15분간의 수업에서 나오는 이야기들이 꼭 지금 제게 필요한
이야기를 들려주는 것 같다는 느낌이 들었습니다. 동영상의 내
용을 간추려 보겠습니다.

"연주할 때 행복할 수 있는 부분들을 조금 살렸으면 좋겠다. 이 〈타란
텔라〉를 무대에서 연주할 때 이런 부분이 좋아서 난 행복한 연주자인
것 같다 이런 느낌을 조금 더 가졌으면 좋겠다. 이 쉼표에 있는 공기가
달라졌으면 좋겠다. 음에서 폭발하는 것이 아니라 쉼표에서 폭발해야
한다. 처음부터 쉼표를 향해 달려간다. 시간이 멈춘 것처럼, 시간이 달
라야 한다. 호수에서 물이 찰랑거리는 시간과 바람의 시간이 다르듯이
오른손과 왼손의 시간이 달라야 한다. 그럼 공기가 바뀐다."

1939년에 태어나신 아버지에게 주어진 삶의 악보는 2020년 9
월 26일 끝이 났습니다. 상속포기를 준비하는 서류 중에는 혼인
관계증명서, 가족관계증명서, 말소자 초본 등등 여러 서류가 필
요했습니다. 한 장 한 장 서류에 찍힌 아버지의 악보를 보면서

쉼 없이 달려오신 아버지의 삶을 엿볼 수가 있었습니다. 그리고 문득 이런 생각이 떠올랐습니다.

'처음부터 우리 삶의 악보는 결국 쉼표(죽음)를 향해 달려가는 것은 아닐까? 아버지는 본인의 삶 어떤 부분에서 행복을 느끼셨을까? 아버지는 행복하신 순간이 조금이라도 있으셨을까?'

어느 순간 제 눈시울이 뜨거워졌습니다.

'아버지가 본인의 삶에서 행복할 수 있는 순간을 조금 더 느끼셨다면 아버지 삶의 공기가 달라지지는 않으셨을까?'

이 말은 곧 저에게도 해당하는 말입니다. 아버지의 삶의 악보, 삶의 쉼표는 저의 시간만큼은 아버지와 다르게 살아야 함을 이야기해주었습니다. 이제 저는 스스로에게 다짐합니다.

"내 삶의 악보에서 내가 행복할 수 있는 부분들을 더 신나게 연주할 것이다. 앞으로 내 삶의 공기는 달라져야 한다."

꿈

"끝이 보이지 않는 드넓은 들판에 유독 큰 해바라기 꽃이 하나 보여서 내가 뽑았는데, 얼마나 꽃이 크던지…. 꿈이 너무 좋아서 공부도 잘하고 큰 인물이 될 줄 알았는데…, 부모 잘못 만나 지금은 이렇게 고생만 시키네…."

아버지가 돌아가시고 홀로 되신 어머니는 쓸쓸하신지 곧잘 옛날이야기를 하시곤 합니다. 어머니가 저를 가졌을 때의 태몽 이야기를 하십니다. 저는 약간 심통이 나서 농담 섞인 대답을 합니다.

"그때 그 꽃 뽑지 말고, 그 옆에 있는 다른 꽃 뽑지, 그럼 내가 이렇게 고생 안 해도 되었을 텐데, 하필 그 꽃 뽑아서…."

2015년 5월 9일 뇌경색이 발병한 어머니는 오랫동안 꿈을 꾸지 못하셨습니다. 원래는 밤에 자주 꿈을 꾸셨는데, 뇌경색과 그로 인해 복용하는 약의 영향 때문인지 한동안 꿈을 전혀 꾸지 못하셨습니다. 그런데 어느 날부터 서서히 꿈이 꿔지기 시작한다고 신기해하시며 행복해하셨습니다.

반대로, 2005년 말 파킨슨병이 발병한 아버지는 복용하시는 레보도파 제재의 영향으로 악몽을 자주 꾸시며 곧잘 환상을 보기도 하셨습니다. 당시 우리 집은 1층이었는데 자꾸 창문 뒤에 누군가 있다며 제게 확인해 보라고 하실 때가 있었습니다. 때로 젊은 제 힘으로도 감당하기 버거울 만큼 악몽에서 벗어나려는 아버지의 몸부림은 강하셨습니다.

한동안 꿈을 꾸지 못하셨던 어머니, 자주 악몽을 꾸시는 아버지를 지켜보면서 제게는 당연한 의문이 생겼습니다.

'도대체 꿈이란 뭘까?'

아버지와 어머니에게서 일어난 꿈 이야기 때문에 저는 꿈에 대해서 생각할 좋은 기회를 얻었습니다. 단지 장래 희망이나 되고 싶은 것이 아닌 '꿈' 자체가 무엇인지에 관해 스스로 물어볼 기회를 얻게 되었습니다.

제가 좋아하는 영화 〈포레스트 검프〉에는 많은 명대사가 나와 저를 빠져들게 합니다. 특히 포레스트의 여자 친구인 제니가 포레스트에게 묻는 대사는 아프신 아버지, 어머니와 함께 사는 제게 큰 힘을 주었습니다.

"넌 무엇이 되고 싶니?"

제니의 질문에 포레스트가 반문합니다.

"난 내가 되는 게 아니었어?"

참 뻔한 질문에 빛나는 대답입니다.

한때는 꿈이 참 많았습니다. 텔레비전 드라마의 영향으로 변호사가 되고 싶었고, 방송국 PD나 광고 카피라이터, 신문기자도 되고 싶었습니다. 그리고 군 제대 후 사귄 명문여대를 다녔던 첫사랑 친구와의 이별 후에는 명문대에 들어가 보란 듯이 성공하는 것이 꿈이었던 적도 있었습니다. 그래서 고교 시절 집이 망한 것을 핑계 삼아 공부를 등한시한 것을 많이 후회하면서 이를 악물고 일하며 미친 듯이 돈을 모았습니다.

낮에는 용산전자상가 밤에는 대학로 노래방에서 일하며 돈을 모았고, 더 빨리 돈을 모으기 위해 나이트클럽에서 일하기도 했습니다. 또 낮에는 주유소에서 일하고, 주유소 일을 마치자마자 바로 건너편 룸살롱으로 뛰어가 웨이터로 일하며 재수하기 위한 돈을 악착같이 모았습니다. 돈을 악착같이 모으면서도 공부할 시간을 벌기 위해 룸살롱 카운터에서 수학 문제를 풀고, 영어 단어를 외우기도 했습니다. 당시 주유소에 기름을 넣으러 온 룸살롱 마담 누나는 이런 제가 대견해 보였는지 항상 저를 잘 챙겨주셨습니다. 제가 손님들에게 팁을 더 받게 해주려고 무척 애를 쓰셨고, 돈벌이가 시원치 않은 날에는 집에 갈 차비도 손수 챙겨주셨습니다. 마담 누나 덕분으로 필요한 만큼의 돈을 모으고 나서는 바로 모든 일을 그만두고 재수학원에 등록했습니다. 재수학원에서는 저와 비슷한 꿈을 가진 어린 친구들을 볼 수 있었습니다. 당시에 저는 재수를 해서 꼭 사람들이 이야기하는 명문대에 합격하고 싶었습니다. 그 당시에 꿨던 꿈이란 그런 것이었습니다. 다른 사람에게 인정받을 수 있고, 또 돈을 많이 벌 수 있는 직업이 곧 꿈이었습니다. 그 이상의 꿈은 제게 사치였습니다.

그런데 영화 속 포레스트의 대답은 현실이라고 생각한 제 꿈이 단지 환상에 지나지 않는다는 것을 일깨워줬습니다. 포레스트의 대답 '내가 되는 것'이 제 가슴속 깊은 곳에 큰 울림을 주었습니다. 아쉽게도 저는 아직 내가 되는 것이 무엇인지 정확하게는 잘 모르겠습니다.

앙드레 말로의 〈꿈의 자화상〉이라는 시가 떠오릅니다.

모든 것은 꿈에서 시작된다.
꿈 없이 가능한 일은 없다.
먼저 꿈을 가져라.
오랫동안 꿈을 그리는 사람은
마침내 그 꿈을 닮아간다.

악몽을 꾸셨던 아버지와 꿈을 꾸시지 못했던 어머니 덕분에 이제야 저는 제대로 된 꿈을 그리기 시작합니다. 제 꿈은 그 무엇도, 그 누구도 아닌 단지 내가 되는 것입니다. 좀 엉뚱한 이야기이지만 '빛'이 나는 내가 되고 싶습니다.

경주마

요즘 저는 인문학 카페 '이야기 끓이는 주전자'에서 책을 읽고 있습니다. 불과 얼마 전까지만 해도 책을 읽기 위해 집 앞 독서실을 다녔었는데, 카페에서 책을 읽는 것이 집중도 잘되고 마음이 편했습니다.

나이 마흔 살이 넘어 처음으로 카페에서 책을 읽는 경험을 하고 있습니다. 그 이전에는 커피 한 잔 시켜놓고 3~4시간 책을 읽는다는 것이 영업에 혹시 방해되지 않을까 하는 생각 때문에 카페에 가지 않았습니다. 그런데 이제는 아지트 삼을 수 있는 인문학 카페가 생겨 기뻤습니다(《해리포터》를 쓴 작가 J. K. 롤링과 봉준호 감독님이 모두 카페에서 글을 썼다는 이야기가 떠올랐습니다).

오늘 새벽에 음식물 쓰레기를 수거하다 문득 '내가 지금까지 경주마처럼 산 것은 아닐까?' 하는 생각이 들었습니다. 처음 생각은 단순했습니다. '왜 독서실과 카페에서 책을 읽는 느낌이 달

랐을까?, 독서실에서는 때론 너무나 답답했는데, 카페에서는 마음이 너무 편한데….'

개인 칸막이가 되어 있는 독서실에 앉아 책을 읽으며 주변을 관찰해보니 학생들은 지정된 번호가 있는 자기의 자리에 앉아 비슷한 문제집을 풀고 있었습니다. 그리고 그 모습을 떠올리니 시합에 나갈 준비를 하는 경주마가 떠올랐습니다. 왜 제 가슴이 답답함을 느꼈는지가 이해되기 시작했습니다.

눈가리개를 하고 오로지 앞만 보며 달려야 하는 경주마들…. 제 지나온 삶 역시도 경주마가 아니었나 하는 회한이 밀려왔습니다.

'경주마처럼 오로지 부모님과 먹고살기 위한 단 하나의 목적을 가지고 때론 너무 얍삽하게 살지는 않았을까?'

독서실의 학생들 역시도 시합에 나가는 경주마처럼 독서실에서 조련사들이 내어준 문제를 풀고, 시합(시험)에서 점수가 매겨지고, 그렇게 등수가 자신의 모든 것인 양 하는 사회 시스템 안에서 살아간다 생각하니 화가 났습니다. 덧붙여 '지금의 엘리트라고 하는 전문직 사람들 역시도 경주마로 훈련되어진 것은 아닐까?' 하는 생각이 떠올랐습니다.

어머니의 양쪽 눈의 시력은 몸 상태에 따라 다르시지만, 보통 평균 0.1~0.3 정도로 세상을 보는데 큰 무리가 없는 시력입니다. 그런데 문제는 뇌경색으로 막혀버린 어머니 두 눈의 시야입니다. 저는 어머니를 통해 처음 알았습니다. 사람의 눈이 세상을 바라보는 방법은 시력뿐만 아니라 시야도 무척이나 중요하다는 것을….

2015년 5월 어머니에게는 뇌경색이 찾아왔고, 그로 인해 어머니는 시야를 거의 상실하게 되셨습니다. 다른 사람의 도움 없이는 집 밖으로 나가는 것이 힘들며, 집 안에서도 한 걸음 한 걸음이 살얼음판이라 느껴질 때가 많습니다.

이런 어머니 덕분에 세상을 살아가는데 정말 중요한 것이 바로 사람의 시야라는 것을 뼈저리게 느끼고 있습니다. 시력은 교정할 수 있고 안경을 비롯한 보조도구의 도움으로 세상을 보는데 불편함이 없을 수 있게 할 수 있지만, 시야를 상실하면 어떤 것도 그렇게 큰 도움이 되지를 않습니다.

요즘 뉴스를 보면 크게 이슈화되는 문제들에는 소위 전문직이라 하는 사람들이 어김없이 등장합니다.

'어느 순간부터 그분들이 단지 경주를 위한 경주마가 되어버린 것은 아닐까? 오직 그 경주를 위해서 살았기에 자신들의 시야를 상실해버린 것은 아닐까?'

그 직업을 가진 분들을 매도하려는 것은 아닙니다. 다만 전문직에 있는 그들이 시야를 방해하는 눈가리개를 벗어던지고 이웃들을 배려하는 삶을 살아간다면 우리 사회가 더 따뜻해지지 않을까 싶습니다. 공교롭게도 저는 말띠입니다. 저부터가 경주마가 아닌, 더 넓은 세상을 바라볼 수 있는 눈으로 살아가기를 희망합니다.

아버지를 원망하지 마라

"아버지를 원망하지 마라."

분명히 제가 이 말을 직접 들은 기억은 없습니다.

다만 저는 아버지가 싫었습니다. 아버지를 죽도록 증오했습니다. 어떤 말로도 아버지에 대한 제 감정은 순화되지 않을 줄 알았습니다. 그런데 어머니의 말 한마디가 항상 아버지에 대한 분노에 차 있던 저의 감정을 서서히 사그라지게 해주었습니다.

어느 날 저는 뜻하지 않게 어머니에게 이 말을 들었습니다.

"아들아, 너희 아버지가 갓난아기인 너를 안고 산부인과에서 집으로 돌아오는 길에 너를 바라보며 무슨 말을 했는지 아니?"

당연히 태어난 지 며칠도 되지 않은 저에게는 아무런 기억이 없었습니다. 그런데 어머니는 이런 제 기억에 분명히 저장되었을지도 모를 이야기를 해주셨습니다.

"너희 아버지가 세상에 태어난 지 얼마 되지 않은 너를 안고

서, 나중에 커서 아버지를 원망하지 말라고 했단다."

어머니는 두 말을 하는 사이에 뜸을 들이지 않으셨습니다. 때로 하기 힘든 이야기를 할 때는 시간 간격을 두고 하는 것이 효과적일 때가 있지만, 어머니는 그러지 않으셨습니다. 어머니가 조금만 시간 차이를 두고 이 말을 하셨으면 좋았을 것인데….

저도 모르는 사이에 강하게 뒤통수를 한 대 맞은 기분이 들었습니다. 먼저 예상했으면 보호막을 쳤겠지만, 저에게는 그럴 시간적 여유가 전혀 없었습니다. 2:0으로 이기고 있던 축구경기에서 경기 막판에 내리 3골을 내줘 역전당한 기분이 들었습니다. 분명히 제가 다 이긴 경기였는데, 아버지에게 역전패를 당한 기분이었습니다.

적군이라고 생각했던 아버지가 사실은 아군일지도 모른다는 것에 기분이 묘했습니다. 하지만 쉽게 받아들이고 인정할 수가 없었습니다. 그만큼 내면의 상처가 깊었습니다. 제 기억 속의 아버지는 매번 사업 실패를 하시어 어머니와 주변 분들을 힘들게 하셨습니다. 마침내는 다른 이들 몰래 대구에서 울산으로 야반도주했습니다.

어쩔 수 없이 저는 고등학교 시절에 친척 집을 돌아다니며 눈칫밥을 먹으며 살았습니다. 거기에 더해 제게는 또래의 이복 남매가 네 명이나 있습니다. 아버지는 본처와 결혼을 하시고 난 뒤 두 번의 바람을 피우셨는데, 우리 어머니도 그 중 한 분입니다.

우리 어머니 배에서 나온 자식은 저밖에 없습니다. 저는 사춘기 무렵이 되어서야 이것이 무엇을 의미하는지 알게 되었습니다. 그리고 사춘기 이후에는 명절이 되면 외가에 가지 않았습니다. 저만 '이'씨라는 것이 자존심 상했습니다.

제가 아버지를 증오까지 하게 된 결정적 계기는 1996년 6월 24일에 일어난 사건 때문입니다. 당시 고3이었던 저는 그날따라 야간 자율학습이 하기 싫어 선생님께 꾀병을 부리고 자율학습을 빠졌습니다. 평소에 담임선생님은 쉽게 자율학습을 빼주지 않으셨는데, 그날은 모든 것이 순조로웠습니다. 약간의 보슬비가 내리고 있었지만, 자전거를 타고 하교하는 데는 전혀 무리가 없었기에 신나게 페달을 밟아 집으로 향했습니다.

자전거는 회전운동을 직선거리로 바꿔 우리를 이쪽에서 저쪽으로 옮겨놓습니다. 그와 같이 그날 제 눈앞에 펼쳐진 모습이 저의 앞날을 다른 세상으로 순간이동시켜 놓았습니다. 어머니가 수면제를 다량 복용하시고 자살을 시도하신 장면 앞에서 제 숨이 멎었습니다. 동시에 꿈 많은 저의 앞날도 멈추었습니다. 다행히 어머니의 자살은 미수에 그쳤고, 저는 평생 그 충격을 안고 하루하루를 살아야 했습니다.

"너희 아버지랑 내가 만나지 않았으면 얼마나 좋았을까?"

가끔 어머니는 저에게 미안한 마음을 이렇게 표현하시곤 합니다. 하지만 이 말씀을 하시는 어머니나 이 말을 듣는 저 둘 모두 어느 순간부터 같은 생각을 합니다. 이 모든 것이 운명일 뿐이라는 것을….

평생 아버지를 적으로 삼고 증오했던 제게 어머니의 말 한마디가 마음속에 엉킨 실타래를 풀어주고 있음을 직감했습니다. 하지만 그 실타래의 매듭을 푸는 데는 너무 오랜 시간이 걸리고 말았습니다. 부모님 두 분이 장애를 가지시게 되고, 결국 아버지가 돌아가시고 난 뒤에야 매듭이 풀렸습니다.

"아버지를 원망하지 마라."

지금 제 나이 마흔네 해 중 대다수 세월을 아버지를 원망하며 살았습니다. 아버지는 이미 앞날을 예상하셨기에 태어난 지 얼마 되지 않은 저를 집으로 데리고 오는 길에 이 말씀을 하셨을 겁니다.

이제 더 이상 아버지를 원망하지 않습니다. 원망의 대상이었던 아버지가 이 세상에 없어서 그런 것이 아닙니다. 그냥 알게 되었습니다. 이것이 제 삶이며, 제 운명이라는 것을….

"고목나무야, 고목나무야, 니 속이 썩은들 내 속만큼 썩었겠냐…."

살아생전 아버지는 어머니께 이런 한탄 섞인 말씀을 자주 하셨습니다. 평탄치 않은 삶을 살아오신 아버지는 책임지지 못한 이복 5남매에 대한 미안함 때문인지 저와 함께 사는 동안 웃음을 보이는 날이 거의 없으셨고, 어머니에게 찾아온 뇌경색도 본인의 책임인 듯 자책하시는 모습을 보이셨습니다. 옆에서 지켜보며 제가 어떤 위로를 해드려도 이미 고목나무보다 더 썩어 있는 아버지의 마음에는 새순이 돋아나지 않았습니다.

당시 제가 아버지에게 해드릴 수 있는 것은 아무것도 없었습니다. 그것이 어쩌면 지금 이 책으로 이어졌는지 모르겠습니다. 사실 저는 지금껏 부모님과 저의 이야기를 책으로 내는 것에 대해 진지하게 생각해본 적이 없었습니다. 사실 아버지도 예전에 글 쓰는 솜씨가 있으셔서 영화 시나리오에 당선된 적이 있다는 이야기를 들었습니다. 아쉽게도 영화로 만들어지지는 않았지만, 지금 제가 글을 쓰는 작가가 되기로 꿈꾸는 것이 아버지의 영향이 아닐까 하는 생각이 듭니다.

제가 쓴 글 중 많은 이야기가 아버지와의 관계에서 나온 이야기들이지만, 지금껏 아버지에게는 단 한 편의 짧은 이야기만 보여드렸을 뿐입니다. 아버지로서는 그리 유쾌한 이야기가 아니란 것을 잘 알기에 그랬었는데, 그때 제 글을 읽으신 아버지가 해주신 말씀은 평생 저를 따라다니며 메아리처럼 들려올 것만 같습니다.

"작가는 모름지기 솔직하게 이야기를 적어야 해. 아버지는 괜찮으니 솔직하게 하고 싶은 이야기를 하렴."

글들에 아버지의 말씀처럼 진솔함을 담으려 노력했지만, 냉철한 머리보다 따뜻한 가슴을 갖기가 어려웠고, 그것을 실천하는 것은 더 고단한 과정이었음을 밝히며 독자들의 너른 이해를 구하고 싶은 심정입니다.

아버지는 이제 이 세상에 없으십니다. 함께 있을 때 더 잘 해드리지 못한 것에 많은 후회가 됩니다. 저 하늘 어디에 계신지 모르지만, 이제 저는 아버지가 부탁하신 마지막 소원을 들어드려야 합니다. 어머니를 잘 모시는 것이 아버지께 최선을 다하지 못한 제 불효를 조금이나마 보답하는 길이 아닐까 싶습니다.

"아버지 애 많이 쓰셨어요. 아버지 사랑합니다!"

집으로, 홈인하다

지은이 이형진
펴낸이 박영발
펴낸곳 W미디어
등록 제2005-000030호
1쇄 발행 2021년 5월 26일
주소 서울 양천구 목동서로 77 현대월드타워 1905호
전화 02-6678-0708
e-메일 wmedia@naver.com

ISBN 979-11-89172-37-4 03810

값 14,000원

• 잘못된 책은 바꿔드립니다.